ALVARO CABRERA
LA SOMBRA DE BAUHAUS

EL EXPEDIENTE NÁSTRÖND I

LA SOMBRA DE BAUHAUS

ISBN: 978-84-608-4759-5

Diseño de portada: Maialen Alonso

Diseño y maquetación: Maialen Alonso

IMPRESO EN ESPAÑA

UNIÓN EUROPEA

"*Para Nadia, una nueva vida en La Tierra, una nueva estrella en el cielo.*"

ÍNDICE

PRELUDIO

Groenlandia, siglo X d.C.

Todo era blanco a su alrededor. Era un blanco uniforme, impoluto, un desierto reluciente de nieve que se extendía allí donde posara la vista. La salvaje e indómita inmensidad lo absorbía, lo dejaba extasiado por su letal belleza, por su afilada e indiferente crueldad. El gemido perpetuo del cortante viento acuchillaba sus ateridos oídos, su vista nublada apenas podía ver nada más que blanco. Todo blanco.

Intentando recordar, unas incoherentes imágenes se abrieron paso en la niebla de confusión que era su mente. Sin embargo, para Angus, y esto lo sabía muy bien, el camino a casa iba a ser el viaje más peligroso emprendido nunca. Incluso desde que se enrolara en la tripulación de Eriksson, a la temprana edad de quince inviernos. En aquel momento, solo, perdido y desamparado, arrebujado en su manto raído de piel, encomendaba sus pasos a los

dioses, al menos aquel que se prestara a escuchar sus rue-
gos, para que le devolviera a su hogar. Sus hijos debían
estar aterrados, casi tanto como él mismo.

Un paso tras otro, abrió camino y dejó sus huellas en
aquella vasta uniformidad. Salió de caza el día anterior en
busca de alguna pieza cuando le sorprendió una violenta
tormenta de nieve. Odín quiso que sus piernas le llevaran
al refugio de una pequeña gruta lo suficientemente grande
como para cobijar sus temblorosos huesos hasta que amai-
nase. Ahora se hallaba perdido, después de horas deambulando queriendo encontrar el camino a casa, no pudo ubicar
ninguna referencia de la que valerse. Absorto en sus pensamientos, apenas vislumbró la tenue y casi imperceptible columna de humo que se alzaba hacia el oeste. Giró la cabeza
y su vista se detuvo en una amplia y profunda grieta. Un
tajo que abría en canal la llanura nevada. Un brillo azul za-
firo relució sutilmente durante unos segundos, un reflejo del
hielo que se aferraba a la roca desnuda, intentando escapar,
huir de aquella abrupta prisión. El humo parecía provenir
de allí, y venciendo la curiosidad al sentido común, Angus
se dejó llevar, acercándose al borde.

Sus ojos se clavaron en algo que había allá abajo. Era
una luz azulada y suave en forma de nebulosas abstractas

que parecía desprenderse de una gran gema. El resplandor era embriagador, desconcertante. Parecía latir con leve intensidad, como el corazón de la propia tierra, congelado y aletargado. Se asomó un poco más. En el centro de aquella extraña joya, una luz aún más brillante empezó a formar una figura que había visto antes.

—No puede ser...

Su voz entrecortada, rota por el aullante viento, murió en sus labios cuando el fulgor intensificó su brillo. El corazón comenzó a latirle más rápido, la respiración se le cortó, un sudor frío empapó su espalda y un repentino sofoco lo aturdió unos instantes. En aquel momento de debilidad en el que se debatía en la semiinconsciencia, el viento se arremolinó con una fugaz y veloz ráfaga en torno a él. Sus piernas perdieron equilibrio y la nieve cedió bajo sus pies. El alarido que surgió de su garganta al caer sucumbió al estentóreo gemido del violento céfiro.

El rostro del pequeño Einar se dibujó en la niebla gris que giraba sin cesar. Sus grandes ojos azules relucían bajo el resplandor del sol. Su larga cabellera casi blanca remarcaba unas facciones finas que le recordaban a Helga, su compañera fallecida. A su lado, Harald, su primogénito, lo observaba con temor.

—¿Cuándo volverás, padre?

—Pronto, hijo mío —su quebrada voz le sonó lejana, apenas audible, como un susurro.

Entonces, la imagen de sus dos hijos se desvaneció lentamente, al tiempo que sus ojos se abrían.

El pinchazo de dolor que sacudió todo su cuerpo le arrancó un fuerte grito. La pierna derecha le latía y casi no la notaba. Miró hacia arriba. El cielo era una negrura en aquella oscuridad. Unas tímidas estrellas se veían tras algunos claros de nubes. Una silueta luminosa pareció materializarse delante de él, una figura alta, cegándolo unos instantes. La luz fue menguando lentamente, y al recuperar la vista, sus débiles ojos se clavaron en un enorme portón metálico, adornado por una filigrana en relieve, cubierto por el hielo. Varias runas brillaron sutilmente en aquella puerta congelada de más de cuatro metros de altura. Parecía encajada en la misma piedra. Las runas se apagaron y todo el arco del portalón empezó a iluminarse. Un sonido como de succión brotó del interior, acompañado por una bruma de vapor frío. Fue cuando se percató de la forma del decorado portón: era una especie de martillo.

Fue su última visión.

NÁPOLES

1

La luz crepuscular entraba diagonalmente a través de las persianas y dejaba la espartana habitación sumida en una penumbra bermellón. El escaso mobiliario de la estancia, apenas una vieja mesa y el desvencijado y mullido sofá en el que estaba sentado, las grietas desgarrando las paredes y el moho que oscurecía el amarillento techo, hacían aún más austero el lugar. Pero a él no le importaba. No le importaba en absoluto.

El sonido de la calle llegaba a sus oídos como el murmullo de un río, apagado y monótono. Sus ojos oscuros tenían la mirada perdida; nadaba en la corriente de sus propios recuerdos, en un pasado que añoraba por encima de todo. Antes de aquellos tenebrosos tiempos, antes de que su lado más oscuro se hiciera con el control.

De nada sirve lamentarse, ni arrepentirse, pensó.

Desvió la vista hacia la ventana que, a dos metros de él, le separaba del mundo real, el mundo presente. Giancarlo Farelli era un hombre de cuarenta y dos años, pero cualquiera que lo viera le echaría diez o quince años más. Su deteriorado rostro, afeado por innumerables arrugas, cicatrices y curtido por una vida regida por la violencia, lo hacía constatar. Coronado por un cabello negro cortado a cepillo y clareado en la sien derecha por unas mechas plateadas. Sabía que el camino que había tomado exigía ciertos sacrificios, pero tampoco le importaba. Él tenía una misión que hacer en el mundo, un «Plan Divino». Lo asumía, lo aceptaba.

Un pitido corto le sacó de su ensimismamiento.

Se levantó y se acercó a la habitación contigua. Una mesa de madera, a la que habían colocado láminas de cartón doblado bajo una de sus patas para mantenerla equilibrada, sostenía un pequeño ordenador portátil en su rasgada superficie llena de nombres garabateados. La imagen de un sobre de carta flotaba y rebotaba contra las cuatro esquinas de la pantalla. Sus ojos se iluminaron.

Abrió el mensaje entrante con cierto nerviosismo. Pondría fin a esa tediosa época de inactividad.

La fotografía de un anciano apareció junto a una dirección de Einsiedeln, Suiza.

Sonrió con tristeza.

Nunca lo hacía, pero Suiza le evocaba una época mejor, le hacía sentir nostálgico en cierta medida.

Alejó aquellos pensamientos. Debía hacerlo si quería realizar el trabajo con éxito.

Farelli hacía de la muerte su oficio. Y a lo largo de muchos años había pulido su estilo. Se había convertido en uno de los más letales mercenarios conocidos, y su reputación le hacía pertenecer a una élite que pocos podían permitirse.

Desde que acabó con su primera víctima, a la temprana edad de doce años, el electrizante placer que lo poseyó entonces se fue adueñando de su alma para siempre. Fue una explosión en su joven cerebro que despertó un hambre voraz.

Fabianno. Así se llamaba aquel chiquillo risueño y alegre, de tez blanca y rostro avieso, de apenas nueve años. Le encantaba jugar al fútbol. Era su sueño.

Giancarlo no recordaba cómo había comenzado la pelea, lo único que pervivía en su memoria era la descarga que recorrió todo su cuerpo. El corazón le latía desbocado

en su pecho, la respiración agitada, el calor que sentía en su propia cabeza nublaba su vista. Fue con un clavo oxidado. Apuñaló más de quince veces aquel inocente semblante. La sangre salpicó su cara, pero su mirada seguía clavada sobre los destrozados ojos del niño, cuya chispa vital se extinguía segundo a segundo. Incluso cuando lo alzaron en volandas y lo alejaron del cadáver, la sensación era demasiado intensa, una sobrecarga de adrenalina que lo estremeció por completo. Ni siquiera tenía palabras para describirla. Una cosa sí sabía aquel jovencísimo Giancarlo, quería… no, necesitaba volver a sentirla de nuevo. Treinta años más tarde, el hambre continuaba ahí.

Nunca se cuestionó la razón de su *desorden*, como lo llamaron algunos de los médicos especialistas que trataron su caso. Y nunca lo hizo porque aceptaba la verdad que gobernaba su conducta: le gustaba matar.

Junto a la carpeta de archivos que contenía la imagen había un anexo que mostraba otra fotografía. Era un medallón de oro bruñido ribeteado de símbolos desconocidos para él. En el centro, un rubí de intenso rojo tenía un tallado peculiar. Por un momento le pareció un rostro.

Memorizó la dirección y envió las dos fotografías a su teléfono móvil.

Veinte minutos más tarde salía de allí con una mochila azul oscuro colgada del hombro.

2

El edificio donde Farelli se hospedaba, *Il Gabianno Rosso*, lo regentaba Luca Rossellini, un hombre de mediana edad, de astutos ojos marrones y cabello castaño salpicado de hebras doradas recogido en una larga cola. Llevaba días sin afeitarse, vestía una grasienta camisa de franela roja y unos desgastados pantalones vaqueros.

Se encontraba sentado en una silla tras el mostrador de la recepción y hojeaba distraídamente una revista cuando Giancarlo abandonó el hostal. Todos sus músculos se pusieron en tensión. Inclinó la vista hacia el monitor que estaba bajo el mostrador y observó al huésped subir por la calle hasta su automóvil. La cámara situada sobre el letrero de grandes letras rojas le daba una amplia visión de lo que sucedía en las cercanías.

Sacó de un cajón una pequeña caja metálica y, aunque a esa hora del día no solía haber nadie cerca, se aseguró antes de abrirla con la llave que llevaba colgada al cuello. Extrajo de ella un teléfono y marcó el número que había escrito en la tapa posterior.

—Rossellini. Código: noviembre, dos, alfa, sierra, cero, tres —murmuró sin quitar el ojo de la pantalla.

—*Adelante, Rossellini. La línea es segura* —respondió una monótona voz femenina.

—La liebre ha salido de la madriguera. Tengo que hablar con Mathews.

Escuchó un sonido agudo corto y esperó unos segundos. Luego, la señal chasqueó y una voz autoritaria y grave se adueñó de la transmisión.

—*Aquí Mathews.*

—Señor, ha salido. He conseguido desencriptar un mensaje que ha entrado hace menos de media hora. Se lo envío enseguida. Es posible que sean *ellos*.

—*Buen trabajo. Ahora nos encargaremos nosotros, agente Rossellini. Registre la habitación por si ha dejado algo y aguarde nuevas órdenes.*

—Señor, Rossellini fuera.

Y se cortó la comunicación.

Durante un segundo, Luca sonrió. Un nerviosismo lo sacudió brevemente, una especie de presentimiento, de certeza de que la larga espera llegaba a su fin. Nada quería más que acabar con aquel asunto, nada quería más que meterle una bala en la cabeza a Farelli. Pero de ese placer

se encargaría otro. Aun así, se sintió aliviado por quitarse de encima a ese maníaco homicida.

Serás historia, maldito bastardo, pensó.

Walter Mathews, desde Londres, colgó el teléfono y marcó un número con prefijo de Zúrich.

Era un hombre de cincuenta y siete años que aparentaba veinte más. Poseía una mirada cansada y oscuras ojeras provocadas por el peso del tiempo, por la gran responsabilidad que recaía sobre sus hombros, por terribles decisiones tomadas y por incontables noches de insomnio.

—*Brown* —respondió el aparato.

—Marvin, soy Mathews. Han picado. Tu idea de filtrar el expediente de Bauer ha dado resultado. Pon en alerta a tu equipo, Farelli nos llevará hasta *Náströnd*.

—*Bien, señor. Sin embargo, la cúpula de Náströnd se oculta muy bien. Es posible que Farelli sólo trabaje para otro peón más. Hemos estado dando palos de ciegos últimamente.*

—No se abrume, Brown. Las cosas hay que hacerlas paso a paso. Por el momento debemos contentarnos con Farelli. Pero debemos averiguar por qué quieren a Bauer. ¿A quién tiene sobre el terreno?

—*Strauss y Dempsey. Les pondré a seguir a Farelli. Son los mejores de mi equipo.*

—Bien. No debemos perder a ese asesino. Usted mejor que nadie sabe que esta misión es vital.

—*¿Y cuál no lo es, señor?*

—Téngame informado, Marvin.

—*Señor, Brown fuera.*

Walter se sentó en el sofá de su lujoso despacho, se sirvió una copa de whisky escocés y bebió un largo trago. Luego, desvió una perdida mirada sobre el plomizo cielo que colgaba por encima de la capital, a través del amplio ventanal que abarcaba gran parte de la pared. Suspiró.

«Vuelvo en 15 minutos», rezaba el cartel garabateado con prisa, y colocado en la cristalera delantera del hostal.

Luca subió corriendo las escaleras y abrió de un empujón la puerta de la habitación de Giancarlo. Vacía.

Entonces, lo escuchó. Era un sonido leve, como el insistente goteo de un grifo mal cerrado. Sólo cuando el pitido comenzó a acelerarse, comprendió realmente lo que sucedía.

—¿Qué demonios…? —exclamó en voz alta. Un ligero temblor en sus labios denotaba el aumento del miedo que iba brotando de lo más profundo de su ser.

A varios kilómetros de la pensión, un Alfa Romeo plateado cruzaba la autopista a gran velocidad con dirección al aeropuerto. Farelli miró por última vez su reloj de muñeca. Sonrió.

Un ensordecedor estruendo hizo vibrar el salpicadero del automóvil. A través del espejo retrovisor pudo ver la columna de humo negro que emergía de entre los edificios y ascendía hacia el cielo. El sonido de las sirenas que invadió el aire fue apagándose a medida que se alejaba de allí, envuelto en la melodía del *Somebody to love* de los Jefferson Airplane.

Giancarlo tamborileó con los dedos sobre el volante y volvió a sonreír.

—Ingenuos.

Noelia Lombardo, de veintiocho años, jovial, atractiva, tenía una hermosa y brillante melena pelirroja. Sus deslumbrantes ojos azules observaban, colmados de júbilo, el argénteo anillo que llevaba en el dedo.

Sus pasos la llevaban calle arriba. Había pedido permiso en el centro de salud donde trabajaba como enfermera para poder salir antes de la hora. No le fue fácil, pero consiguió cambiar varios turnos para que le «hicieran aquel favor».

Su teléfono móvil empezó a vibrar en su bolsillo.

Sonriente, lo cogió.

—Hola, Laura.

—*¿Ya has pensado qué decirle?* —respondió una dulce y ansiosa voz femenina.

—Le quiero. Voy a decirle que sí.

Un repentino arranque de felicidad en forma de risas y alabanzas brotó del otro extremo de la conversación.

—*Sé que es un buen hombre, Noe. Me alegro mucho por ti. Te lo mereces, cariño. Te mereces ser feliz de una vez. Después del infierno que pasaste con Marcello, necesitas un respiro.*

—Debí dejarlo en cuanto me puso por primera vez la mano encima. Menos mal que estabas ahí para abrirme los ojos.

Dobló una esquina cuando una gran explosión la hizo tambalearse. Con el ceño fruncido, colgó la llamada y corrió como si le fuese la vida en ello. El corazón le latía desbocado en el pecho. Su agitada respiración y el terror irracional de una premonición de pesadilla la indujeron a un estado de ansiedad.

Hasta ella llegó el sonido de gritos, lamentos, llantos y sirenas a lo lejos...

—¡Luca! —gritó.

ZÚRICH

1

Ante sus ojos se alzaba la *Grossmünster*, la Gran Catedral, uno de los más emblemáticos e importantes edificios históricos de Zúrich. Levantada junto al río *Limmat*, elevaba sus torres gemelas hacia el firmamento otoñal. Portadora de una antiquísima historia que abarcaba desde los lejanos tiempos de *Carlomagno* hasta la actualidad, desprendía un aura de majestuosidad digna de reyes. Y en eso estaba de acuerdo el solitario hombre que mantenía la vista clavada en la escena que se desarrollaba allí.

La madrugada se levantó nublada. Un manto gris se extendía por todo el cielo allá donde alcanzara la vista, y la lluvia, un denso telón de agua, caía pesadamente sobre la ciudad. Generalmente, en esas tempranas horas no habría

mucha gente deambulando por allí, pero la noche se había teñido de sangre. Decenas de curiosos se amontonaban tras el cordón policial que rodeaba la plaza de la catedral mientras los servicios sanitarios preparaban los equipos.

Pasada la medianoche, una pareja dio el aviso a la policía. Siete cuerpos desnudos, tres mujeres y cuatro hombres, habían sido crucificados dentro del recinto formando un grotesco círculo en torno a un perro carbonizado. Las tripas del animal estaban dispuestas alrededor de su cadáver.

Nadie había visto u oído nada.

Mientras los agentes mantenían a raya a los curiosos que iban sumándose a la terrible escena y a las cámaras de los servicios informativos, una figura alta embutida en una gruesa gabardina negra se encendió un cigarrillo y se acercó. Cruzó el cordón policial, y se dirigió a la plaza.

—¡Eh! ¡No puede estar aquí! —gritó una voz a su espalda.

Se giró, y le clavó una fría mirada al policía que lo increpaba.

—Soy Müller, Hans Müller —dijo sin más, sacando su identificación—. Dígame quién está al mando.

El agente abrió los ojos desmesuradamente y señaló a alguien que entrevistaban los medios de comunicación.

—El teniente Schmidt, señor.

—Bien. Dígale que quiero verlo de inmediato. Me da igual con quién esté hablando. Y saque a toda esa gente de aquí.

Desde la otra orilla del Limmat, el hombre solitario observaba el despliegue de luces que brillaban al pie de la catedral. De unos treinta años aproximadamente, lucía un cabello rubio, corto y perfectamente peinado con una raya a un lado, que reflejaba en tonos anaranjados, rojos y azules, la tragedia que acontecía al otro lado del río.

Frunció el ceño, negando con la cabeza.

¿Quién haría algo tan macabro?, pensó.

El auricular que llevaba en su oído derecho chasqueó:

—*Estoy dentro* —susurró una voz femenina.

—Tienes cinco minutos. Date prisa.

—*Me sobran tres.*

El rubio sonrió.

El interior del edificio se encontraba a oscuras y prácticamente vacío. Durante el día era un hervidero de gente entrando y saliendo de las oficinas, pero en aquellas horas intempestivas, todo permanecía en silencio, en calma.

La rejilla de uno de los conductos de ventilación se abrió en la séptima planta, un cúmulo de despachos pertenecientes a un bufete de abogados. Una sinuosa silueta

vestida con una malla negra, anónima tras un pasamontañas, se dejó caer y corrió por el pasillo en forma de «L» en completo sigilo. Al final del pasaje, una puerta le cerraba el paso.

Del tacón de su bota derecha extrajo un par de ganzúas, y comenzó a manipular la cerradura. Cuando el chasquido le avisó, abrió con cuidado y accedió.

Aquel departamento era una lujosa oficina rectangular. Las paredes estaban atestadas de cuadros, diplomas y retratos de los socios fundadores. En el centro se erigía una mesa redonda de cristal que sostenía un hermoso jarrón de cerámica coronado por una mata de tulipanes. Aquella imagen le agradó, tan fuera de lugar con respecto al resto del edificio, gris y apagado, era una nota de color en la uniformidad general.

Al fondo, delante de un amplio ventanal, otra mesa grande de ébano y superficie cristalina colocada en oblicuo a una estantería atestada de libros.

Se acercó al ordenador que descansaba sobre ella y sacó de un bolsillo un pequeño objeto circular. Sus enguantadas manos se deslizaron sobre el teclado, conectó el aparato a uno de los puertos y aguardó a que se cargara el sistema.

Su vista se perdió momentáneamente sobre las luces que resplandecían más allá del río. Abajo, en la solitaria y oscura avenida, la figura de su compañero contemplaba el panorama.

Cuando la pantalla avisó que la carga estaba completa, activó el aparato y esperó unos instantes, tamborileando nerviosamente con los dedos en la pulida e inmaculada mesa.

Unos pasos lentos y pesados se aproximaban a su posición desde el fondo del corredor. Echó un rápido vistazo al monitor. Se había copiado un treinta por ciento.

Se pegó a la pared sin hacer el menor ruido, y aguardó. Su reloj de muñeca seguía contando hacia atrás. Transcurridos dos minutos más, la alarma saltaría. La desconectó, pero el sistema secundario no tardaría en volver a restaurarla.

Alguien se detuvo delante de la oficina. Una respiración ligeramente agitada llegó a sus oídos, un corazón desbocado, una cartuchera desabrochándose...

Rodilla en tierra, se colocó junto al marco de la puerta y se echó una mano a la espalda. Aferró con firmeza su Beretta y encañonó a la entrada, preparada para actuar en caso necesario.

Una radio chasqueó:

—*El partido va a empezar, Stefan. Date prisa* —exclamó una voz grave.

La mujer amartilló la pistola con sumo cuidado.

—Ya voy —contestó el vigilante—, estoy terminando mi ronda en la siete. Creí escuchar algo.

—*No tardes.*

Tras unos segundos llenos de incertidumbre, los pasos volvieron a alejarse, y ella rodó hacia la mesa.

A falta de un doce por ciento, volvió a mirar el reloj. Cuarenta y cinco segundos, y toda la operación se echaría a perder.

Alexei Derikov, director del bufete *Yurinov y Petrovski*, estaba presente en una lista de nombres que su compañero y ella lograron sustraer en El Cairo. Entre aquellos nombres figuraban algunos de los hombres más poderosos de Suiza, hombres que mantenían contactos clandestinos con poderosos cárteles de la droga, mafias que se dedicaban al tráfico de armas y de personas. A su vez, Derikov guardaba en su poder datos que sugerían una infraestructura poderosa, bien arraigada y compartimentada. La información que estaba copiando era un desglose de la red que operaba en aquella región europea, y que a su vez les permitiría

identificar todas y cada una de ellas que estaban dispersas por todo el globo. Era una gigantesca maquinaria que se movía con la sociedad y a costa de ella.

El objeto que había traído completó la copia de archivos y la avisó mediante un suave pitido. Desconectó el aparato y corrió hacia la puerta. Tras asegurarse de que no había nadie, se deslizó hacia el pasillo, y desapareció en la oscuridad, como si nunca hubiera estado allí.

Es hora de marcharse de aquí, pensó.

2

La humeante taza de chocolate caliente tintineó al volver a depositarla en el pequeño plato. La cafetería, vacía en aquella temprana hora, se encontraba a escasos dos kilómetros de la atestada plaza, donde había tenido lugar aquel siniestro asesinato.

—Pensé que me iba a descubrir. Habría jurado que no hice ningún ruido —dijo la mujer. Jessica, de treinta y dos años, tenía una esbelta figura oculta por el grueso abrigo impermeable que la guarecía del temporal. Su larga cabellera caía por la espalda como una cascada de oro líquido, reflejando las tenues luces del local, y su piel blanca estaba enrojecida por el frío.

—No pasó nada. Hemos conseguido lo que buscábamos —replicó su compañero.

—Sí, tienes razón. ¿Has recibido hora y lugar de entrega?

—Aún no.

Una aburrida dependienta los observó distraídamente antes de que un desconocido pidiera un café. No había mucha gente allí, ellos dos y cuatro personas más que comenzaban su jornada laboral con una pequeña dosis de cafeína, indispensable para muchos.

En ese momento, el zumbido de una llamada entrante alertó al rubio, que se llevó el teléfono móvil al oído.

—¿Si? —contestó.

—*Paradeplatz con Talacker* —respondió la voz del auricular, antes de cortar la comunicación. Bill Dempsey le guiñó un ojo, y ella sacó unas monedas para pagar el desayuno. A continuación, salieron sin mediar palabra.

El lugar de reunión estaba cerca, la estación de trenes de Zúrich, y a pesar de la temprana hora que era, había más de un centenar de personas aguardando. Jessica y William se acercaron a la ubicación acordada y se sentaron en uno de los bancos de la plaza.

—¿Te puedo hacer una pregunta, Bill?

—Claro. ¿Sucede algo?

—¿Alguna vez te has imaginado cómo sería tu vida sin este trabajo? ¿Una vida más… normal?

—Alguna vez, pero somos quienes somos, Jess. Es una tontería preguntarte qué habría pasado de haber escogido otro camino, porque nunca tendrás una respuesta real. Todo son especulaciones y dolores de cabeza. No pienses en eso más. No te habrás quemado, ¿no?

—Claro que no, solo que a veces intento imaginar una vida fuera de todo esto, pero…

—¿Pero qué?

—Pero no puedo. Solo conozco lo que soy.

—Y eso seremos siempre.

Jessica lo miró ceñuda, y asintió. No quería escuchar aquellas palabras, aunque sabía lo que él contestaría. Lo conocía bien, y ni siquiera supo por qué le había hecho aquella pregunta.

Bill le acarició la cabeza, y sonrió.

—Mira, es normal cuestionarse a veces todo, pero confía en mí, dentro de un par de años dejarás de hacerlo.

Alguien se sentó en el banco que había tras ellos, un hombre ya entrado en años abrigado por una vieja gabardina marrón. Se puso a leer el periódico antes de girarse, sonreír y hablar:

—Parece que va a hacer buen tiempo, aunque dicen que en París lloverá.

—Debería salir el arco iris, dicen que es un buen augurio —respondió ella.

Cambiando a un tono más bajo, y dejando caer disimuladamente un sobre bajo el banco, se volvió a dirigir a la pareja:

—Aquí están los detalles de su nueva misión.

—El paquete ya se encuentra en el punto de recogida —aclaró William.

—Sí, me lo han confirmado cuando venía hacia aquí. Buen trabajo. Gracias a esa información, toda la red de Derikov está comprometida. Pero ahora han cambiado las directrices. Su nuevo destino es Einsiedeln.

—¿Qué? —frunciendo el ceño, la mujer miró a los ojos a su interlocutor—. Llevamos mucho tiempo siguiendo esta operación.

—Deja que termine —ordenó Dempsey.

—Sé que lleváis bastante con esta red, pero ha pasado algo. Hemos interceptado un mensaje cifrado de un importante traficante de armas. Hace unos días, un equipo desplegado en Viena descubrió un complot para asesinar a un diplomático holandés, Hessemans, presente en unas

negociaciones de no proliferación de armas nucleares. Este había sido extorsionado para que votara en contra del referéndum: secuestraron a su familia, mujer y dos hijos, y le amenazaron con matarlos de no cumplir con sus exigencias. Pero no contaron con una cosa… y nosotros tampoco.

El hombre permaneció en silencio unos segundos, luego alzó la vista al nublado cielo rememorando hechos pasados.

—¿Qué ocurrió? —preguntó Bill.

—El holandés había contactado con alguien, según los registros que el Departamento de Comunicaciones Externas nos facilitó, y le dijo una única frase: «El sol de medianoche traerá consigo el Ragnarök». Fue una señal, ahora lo sabemos. El diplomático no solo no cumplió con las órdenes. Los suyos fueron liberados y los secuestradores acabaron flotando en un río con una bala en la cabeza. Esa misma noche, la policía recibió la llamada de una niña aterrada que decía haber visto cómo mataban a su familia. Según el informe de los propios agentes que llegaron, el holandés estaba encadenado a la cama, muerto. Le habían arrancado ambas piernas y las habían clavado al techo, formando una grotesca X.

—¿Arrancado? —preguntó Jessica.

—Esas fueron las palabras del forense. Sobre la cama, la frase que había dicho estaba escrita con su propia sangre. Los cadáveres de la mujer y los hijos fueron hallados en otra habitación, desmembrados y esparcidos por el suelo.

—¿Y la niña? —quiso saber la mujer.

—Estaba entre los restos. Se llamaba Johanna. Pero el asesino dejó una pista. Ante de abandonar la vivienda hizo una llamada usando un nombre en clave: Náströnd.

—He escuchado ese nombre antes —explicó Bill—. En Sri Lanka hace unos años. Le sacamos el nombre a un terrorista que se ocultaba allí. Se investigó, pero nunca logramos nada. El tal Náströnd se esfumó. Se llegó a la conclusión de que había sido una pista falsa, dejada ahí para confundirnos. Pero la verdad es que nunca supimos de dónde sacaron los explosivos. Murieron catorce o quince personas, y hubo al menos una treintena de heridos.

—Pensamos que Náströnd es el sobrenombre de una organización que opera por todo el globo, y tiene que ver con la lista que obtuvieron en El Cairo. Hemos interceptado un mensaje con la misma encriptación a Giancarlo Farelli, un conocido asesino napolitano. Hay un chip, oculto en un medallón, que contiene los códigos de una base de

misiles. Farelli quiere hacerse con él, por lo que su misión es capturarlo y recuperar ese chip.

—¿Y qué fue del equipo de Viena? —interrogó Jessica.

—Aún no tenemos datos concretos, aunque estamos trabajando en ello.

—Una bonita forma de decir que no tienen ni zorra idea de lo que pasó con ellos, ¿no es así? —susurró ella, ligeramente enfadada.

—Contrólate —recriminó su compañero.

—Agente, créame cuando le digo que hacemos lo posible por encontrarlos, ahora tienen un trabajo que hacer. —El hombre del abrigo dobló perfectamente el periódico y se levantó, miró a ambos lados y desapareció tras uno de los tranvías que salían en ese momento.

Caminaron por *Bahnhofstrasse* y se internaron en un parque de árboles. El olor a tierra húmeda impregnó sus fosas nasales, un aroma que le encantaba, pero aquello no la calmó.

—¿Se puede saber qué te pasa?

—Sabes que me pone de mal humor ese tema, y no quiero seguir hablando. Veamos qué nos espera en Einsiedeln —gruñó ella, sentándose en un solitario banco junto a una mesa de piedra—. Siempre quise ver el *Sihl*.

Una sombrilla verde proyectaba una silueta oscura sobre ellos. William Dempsey la miró y le guiñó un ojo.

—A nosotros no nos cogerán —la intentó animar.

—Da igual, a nadie le importará.

—Cuando te metiste en esto sabías que sacrificabas tu vida por un bien mayor. No empieces a cuestionarte tu lealtad, Jess —contestó él, algo decepcionado—, no va contigo.

—Sabes que no lo hago, y te lo he demostrado cada día en estos últimos años.

—Por eso no entiendo a qué viene esta charla.

—Aunque demos nuestra vida, solo seremos un número, y nadie sabrá de nuestra existencia. No pido más que respeto a cambio de lo que hacemos, de nuestro sacrificio, solo eso.

—Veamos qué nos espera en Einsiedeln —zanjó Dempsey.

—Abre el maldito sobre de una vez, quiero ducharme y dormir un par de horas.

1.

El cielo era gris, un grueso manto de nubes cubría aquella fría mañana. Las montañas se levantaban como una muralla, formando una línea desigual en el horizonte y difuminada por la lluvia que caía casi en horizontal. La campiña, poblada de ganado, pasaba a gran velocidad ante sus ojos, y a pesar de que era un paisaje hermoso, su mente estaba lejos de allí, más allá de los bosques y los ríos, de los lagos y los océanos. Estaba sobre su piel, tersa y suave, sobre sus labios, absorbiendo cada partícula de ella, sumergido en su mirada llena de vida, en su risa musical. Y ahora se había marchado para siempre.

Para siempre, pensó.

Eran las dos palabras más dolorosas que soportaba su desgarrado espíritu, dos palabras grabadas en una lápida de granito que estaba a miles de kilómetros de él, y él a una eternidad del presente, en un pasado que

lo flagelaba con crueles puñaladas de nostalgia y dolor, de tristeza y pesar.

Cerró los ojos. Las lágrimas resbalaron por sus mejillas hasta unirse en la barbilla. Rememorarla era algo contra lo que luchaba desesperadamente, pero cuanto más lo hacía, más se sumergía en el recuerdo. Para Karl Fédermann aquello era imposible, era un combate contra sí mismo que no podía ganar. Al menos por ahora. Negó con la cabeza y suspiró profundamente, perdiéndose en el apagado y borroso panorama.

Habían sido unos toxicómanos quienes destrozaron su vida, quienes se la habían arrebatado. Paseaba por un parque con ella, en una estrellada noche, cuando presenciaron un asesinato. No pudo hacer nada. Y nunca se perdonaría lo que había sucedido.

Después de aquella terrible experiencia, su madre le convenció para que abandonara China y fuera a pasar una temporada con su abuelo paterno en Suiza. Y allí estaba, seis meses después de la muerte de su prometida, preguntándose aún si realmente no era una pesadilla de la que debía despertar.

Karl era un hombre de treinta y pocos años, de cabello oscuro y pálidos ojos azules. Su padre era alemán y su

madre china, y tras la muerte de este en un aparatoso accidente de automóvil cuando él contaba con tan solo cinco años, ella se lo llevó con su familia. Era un curioso producto entre dos etnias muy diferentes y marcadas. Karl tenía los genes de su padre combinados con unos exóticos y suavizados rasgos orientales.

Pasaron varios minutos antes de darse cuenta de que se había detenido. La revisora, una gruesa mujer con cara de pocos amigos y enmarañado cabello pelirrojo, entró vociferando en un marcado acento alemán, anunciando la llegada a la estación de Einsiedeln.

El viento y la lluvia le golpearon con fuerza cuando bajó del tren. Ajustándose la mochila Altus a la espalda, cogió un paraguas y lo abrió, luego se encaminó hacia el edificio principal. Había mucha gente allí, entrando y saliendo, recogiendo equipajes, comprando en las tiendas de souvenires… Pero sobre todo era el constante murmullo que le taladraba los oídos lo que estaba poniéndole de los nervios.

Se dirigió a la salida este, hacia *Bahnhofplatz*, donde esperaban un anticuado Mercedes Benz verde oliva, y un anciano de rostro afable tras el volante.

Con un sonoro suspiro cargado de resignación y pesadumbre, llevó sus pasos hasta él. El viejo mostró una

desdentada sonrisa y salió del vehículo para encontrarse con el joven.

—Hola, abuelo —saludó Karl.

—Ven aquí, muchacho —respondió, abrazándolo.

Sven Fédermann era un enorme alemán de metro noventa y casi ciento veinte kilos de peso. Su cabello casi había desaparecido, y su bondadoso rostro, surcado de las arrugas propias de la vejez, estaba iluminado por la alegría, aunque una leve sombra de tristeza asomaba tímidamente. Sabía lo sucedido, y no pudo sino lamentar la mala fortuna que acompañaba a su nieto.

Tras tomar una carretera comarcal, el desvencijado automóvil aceleró y salió de la localidad, rumbo al lago *Sihl*, cerca del cual se hallaba la vivienda, una antigua casa que se levantaba sobre una pequeña pero escarpada colina.

—Siento no ser la mejor de las compañías, abuelo —dijo el joven, después de casi diez minutos en silencio—, pero ahora mismo no estoy de humor para nada, espero que me perdones.

—No pidas perdón. Pero quiero que sepas que puedes hablar conmigo cuando estés preparado para hacerlo. A veces es bueno sacarse lo que uno tiene dentro.

—Lo sé. Ha pasado medio año desde su muerte, y aún no sé cómo aceptarlo.

—Nadie nace preparado para eso, pero te aseguro que todos, se tarde el tiempo que se tarde, terminamos por superarlo. Cuando tu abuela murió, hace veinte años, pensé que iba a volverme loco, no salía de casa, no comía apenas nada... Me hundí, Karl, como nunca creí que lo haría. Cuando me encontré con el oso, aquel día volví a nacer.

Karl lo miró con el ceño fruncido.

—¿Oso? ¿Qué ocurrió?

El vehículo giró a la izquierda y se internó en una carretera de tierra que ascendía ligeramente. A su derecha, al fondo, se podía ver el lago. Sus aguas oscuras bajo el negro cielo estaban en calma, una superficie cristalina que se extendía a una longitud de casi nueve kilómetros.

—Una noche salí a pasear por la finca con la estúpida idea de acabar con mis penosos días en este mundo, armado con una escopeta de caza, un par de cartuchos y una buena cantidad de brandy en la sangre. Un viejo oso se coló dentro y nos encontramos cara a cara. El gruñido grave que surgió de aquellas enormes fauces me atemorizó por completo, encendiendo un instinto de supervivencia que jamás pensé que existía. Karl, ese

animal fue un aviso, una señal de que mis días aún no habían concluido.

—¿Conseguiste matarlo?

—Me embistió con la furia alimentando su pesada mole, y antes de que pudiera disparar, un zarpazo me desgarró el pecho. Usé el arma como maza y le golpeé una y otra vez en la cabeza, luego me abracé a su descomunal cuello hasta terminar de estrangularlo. Cuando su cadáver reposaba a mis pies sólo escuchaba el latido de mi corazón, mi respiración jadeante, la sangre que goteaba a la tierra de la profunda herida recibida. —El anciano entrecerró los ojos, y su rostro se tornó serio, frustrado.

—Superaste a un temible adversario, abuelo.

—Fue una estupidez, muchacho. En los ojos de aquella bestia descubrí mi terrible error. El viejo animal también buscaba un final, y a pesar de que lo encontró, cuando me vi reflejado en aquellas negras obsidianas que se apagaban lentamente, comprobé que realmente no quería morir, lo único que deseaba era alejarme del dolor, olvidar. Sentí gratitud a medida que el oso dejaba este mundo, una sensación de paz y alegría, mezclada con incertidumbre y confusión, que me arrancó las últimas lágrimas que derramé. Quise creer que me lo envió ella desde el más allá,

para que comprobase que aún no era mi momento. Supe que me esperaba, que aguarda aún hoy a que me reúna con ella en el cielo. Pero tú eres joven, muchacho, el pozo en el que crees estar hundiéndote no es tan profundo como piensas. Y lo sabrás cuando encuentres a tu propio oso. —Sven le dirigió una amable mirada y sonrió.

—Gracias, abuelo. Creo que me vendrá bien seguir los consejos de mi madre y haber venido aquí.

El anciano le guiñó un ojo a su nieto mientras guiaba al viejo Mercedes por un camino secundario que serpenteaba entre algunos árboles. Una verja alta, de afiladas lanzas de más de tres metros de altura, separaba las tierras de Sven del resto del mundo, unos terrenos cercanos a un bosque de casi tres kilómetros cuadrados. En el centro, la colina se elevaba con suavidad en su cara Sur, al contrario que la vertiente Norte, que presentaba una abrupta caída.

El hogar de los Fédermann tenía más de trescientos años y se levantaba sobre unas antiguas ruinas que habían pertenecido a una fortaleza del siglo XVI. Era una mansión de tres plantas, flanqueada por dos torreones que se unían a la estructura principal por sendos puentes de piedra. En la fachada frontal del edificio, en la segunda planta, una amplia terraza dominaba el horizonte, protegida

por una balaustrada adornada con innumerables figuras, talladas con gran destreza. Enredaderas cubiertas de pequeñas florecillas violáceas trepaban por aquellas paredes centenarias hasta la almenada parte superior.

El sendero llegaba a una escalinata que ascendía hasta el doble portón tallado de la entrada principal.

Karl se quedó maravillado por aquella majestuosa visión. Era un gigantesco luchador armado con una lanza y combatiendo contra un monstruoso lobo.

—Representa a Odín, el Padre de los dioses nórdicos, luchando con Fenrir. Ven, te enseñaré tu dormitorio, debes estar cansado. Mañana verás el resto de la casa —afirmó, sonriendo.

Ya en la soledad de su habitación, casi tan grande como la casa donde vivía en Hong Kong, se sumergió en un vasto mar de recuerdos, de sueños que nunca se cumplirían, de latigazos lacerantes de rabia, agonía y esperanzas muertas…

El viejo lo había guiado por laberínticos pasillos hasta unas pronunciadas escaleras de madera. Impresionantes estandartes, armas de todas clases, cuadros y frescos adornaban las frías paredes. Se respiraba una extraña atmósfera añeja, como estar en una biblioteca cerrada y húmeda.

La estancia donde lo dejó Sven era enorme. Una cama de matrimonio cubierta por una manta de piel, bajo un dosel de terciopelo rojo, estaba pegada a la pared Norte, y junto a ella, un baúl abierto y vacío. El armario, con las puertas abiertas de par en par y dispuesto para acoger las pertenencias de Karl, estaba encajado en la pared contigua, donde comenzó a colocar la ropa que había traído.

En la mesa de noche, al lado de la lámpara, colocó una foto de Lian, su novia asesinada. Acarició aquel sonriente rostro y se hundió en la gruesa manta con las manos tras la nuca. Casi pudo oler el perfume que ella solía usar, casi podía escuchar su voz…

Tendría que haber sido yo, maldita sea, pensó, cerrando los ojos.

No supo en qué momento se quedó dormido, pero eran las dos de la madrugada cuando lo despertó un fuerte golpe en el piso inferior. El sonido de cristales rotos lo alertó y se incorporó, levantándose de un salto.

El viento sollozaba estrepitosamente, un aullido lastimero que se le clavó en el pecho, llevándole por un instante a aquella fatídica noche, seis meses atrás.

Cubierto únicamente con un pantalón largo de pijama, salió de la habitación y corrió por el pasillo, doblando a la

derecha. Siguió el corredor hasta donde comenzaban las escaleras. Entonces escuchó un disparo.

El corazón se le desbocó. El rostro de sufrimiento de Lian acudió a su mente de nuevo, atormentándolo con las garras de la culpabilidad.

Quería gritar, llamar a su abuelo, pero algo se encendió dentro de él. Un instinto que creía perdido, extinto como sus sueños…

¿Estoy soñando?

Se agachó y bajó las escaleras en completo sigilo.

Otro disparo resonó con fuerza.

Cruzó el vestíbulo, y vio el portón abierto. Una de las armaduras medievales que guardaban las esquinas de la casa estaba tirada en el suelo y una de las ventanas rotas. Pero fue lo que vio fuera, en la lluviosa noche, lo que lo remató por dentro: Sven Fédermann yacía, degollado, mientras la turbulenta lluvia arrastraba la sangre escaleras abajo. Al lado de su abuelo, una figura envuelta en negro y boca abajo tenía el cráneo abierto hacia afuera, como si algo le hubiera explotado desde dentro. Aquel hombre tenía una pistola en la mano.

Entonces, escuchó un grito femenino y giró la cabeza hacia el sonido, asombrado de lo real que parecía aque-

lla pesadilla. Vio a otro hombre encañonando a una mujer que se arrastraba por el barro, clamando a voz en cuello el nombre de alguien.

Karl miró la pistola, luego al asesino de…

¡Lian!

El torrente que caía sobre él, sobre toda la región, era un turbio y pesado telón que difuminaba todo a dos palmos de distancia. Tocó con el pie descalzo la gélida superficie metálica del arma, luego le clavó la vista a quien iba a arrebatar la vida a su amada Lian.

2

Jessica nunca se imaginó lo que iba a suceder aquella noche. Ninguno de ellos lo hizo, no entraba en sus planes. Pero ella sabía que, como siempre, el destino había jugado sus cartas y, de nuevo, parecía ganar.

Cuando ella y Bill llegaron a la mansión Fédermann, treparon por la verja y corrieron entre la lluviosa y negra noche hasta la pared oeste, escalando la abrupta colina. Entonces, vieron a su objetivo.

Giancarlo Farelli saltaba desde la terraza de la segunda planta al suelo cuando se escuchó un fuerte golpe en el interior de la casa. La puerta principal se abrió de pronto y salió un enorme anciano con un cuchillo en la mano. Fa-

relli se giró, le arrebató el arma con un rápido movimiento y lo degolló en menos de un segundo. Ellos siguieron corriendo y desenfundaron sus armas reglamentarias.

—¡Alto! —gritó ella.

Giancarlo dejó caer al viejo mientras le dirigía una mirada ansiosa a la pareja que se acercaba a él.

Bill embistió al italiano empujándolo contra el suelo, pero este fue más veloz, sacó su Desert Eagle cromada y disparó.

William Dempsey ni siquiera sufrió. El tiro le entró por un ojo, destrozándole la cabeza.

—¡No! —aulló Jess.

Segundos antes de que apretara el disparador del arma, el cuchillo del viejo Sven le atravesó la mano. Farelli rodó sobre un hombro, se levantó de un salto y cargó contra ella. Había una malicia llena de lujuria en sus ojos oscuros, y tan abrumada estaba, que no vio la patada lanzada hacia su cara, la cual la arrojó a la tierra embarrada. El objetivo que debían capturar se acercó a ella y la encañonó a la cabeza. No dijo nada, solo sonrió. El medallón reposaba en su pecho. Acababan de perder. En una cosa tenía razón Bill, no iban a cogerlos, los iban a matar.

Cerró los ojos, esperando la bala final, sin embargo esta no llegó. Durante unos segundos se preguntó a qué estaba

esperando Farelli, cuando escuchó un golpe seco y un gemido, luego un cuerpo caer.

Alguien gritaba…

¿Lian?

Abrió los ojos. Giancarlo yacía medio inconsciente con su arma aún en la mano. La Beretta de Bill se encontraba en el suelo, y al asesino le caía un reguero de sangre desde la parte baja de la sien. Frunció el ceño cuando volvió a oír aquel alarido. La mano le ardía, y una confusión desesperante penetró en lo más hondo de su ser.

¿Bill? ¿Has muerto de verdad?

Un hombre semidesnudo se acercaba cojeando hacia ella, y cuando lo tuvo a escasos metros, vio su resplandeciente rostro que se hundía en la más oscura sombra. Era alegría y alivio convertidos en tristeza y decepción.

—¿Qué mierda de sueño es este? —exclamó él—. Tú no eres Lian, ¿quién eres tú?

Jessica ni siquiera supo qué contestar. Bajó la vista y trató de incorporarse. Entonces, descubrió el enorme moratón ensangrentado que el extraño y exótico hombre tenía en la tibia derecha; era lo que probablemente producía su cojera.

Ella, antes de hacer o decir nada, se acercó al asesino y le arrancó el medallón, lanzándoselo a un estupefacto

Karl, luego le dio una patada al arma del italiano. Pero este esperaba el movimiento, golpeó con fuerza la pierna de la mujer con la suya propia y la tiró al suelo, arrancándole un agudo grito. Farelli rodó hacia atrás, se levantó y echó a correr, desapareciendo en la noche.

Dolorida, apenada, enfadada, confusa… Jessica miró a Karl cuando este le tendió una mano y la ayudó a levantarse.

—Esto no es un sueño, ¿verdad? —Una triste inocencia asomó en aquellos implorantes ojos azules.

Karl sintió un mareo repentino cuando comprobó que no era una pesadilla, sino la cruda realidad. Todo le dio vueltas.

—¿A-abuelo? —balbuceó antes de desplomarse.

Jessica cogió el medallón y corrió hacia el cuerpo de Bill. Cayó arrodillada y rompió a llorar.

—¡William!

No puede ser, ¿qué voy a hacer ahora, compañero? No… puede ser…

Segundos más tarde, aturdida y desesperada, la joven se desmayó. Casi le resultó placentero sumergirse en aquella vorágine de oscuridad que la salvaba de la pena y el dolor. Deseó morir en aquel momento, en su mente no había cabida para el fracaso, solo para la victoria o la muerte.

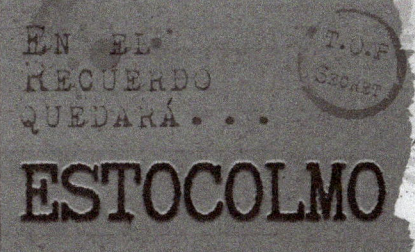

2.005

Hadie sabe en qué momento su vida cambia para siempre, solo te das cuenta cuando ya ha pasado. Intentas recordar el instante exacto, pero todo son vagas impresiones de un pasado que parece más un sueño que una vida real.

No sé cuándo fue, tal vez al dejarme Jan por aquella bailarina francesa, o cuando me reclutaron, o puede que al desaparecer mi padre y quedarme bajo el cuidado del cabrón de mi tío. Mi vida no ha sido fácil, nunca lo fue, pero ahora me alegro de todos esos cambios, han forjado quien soy ahora mismo. Y no me arrepiento de nada. Fue Bill quien me enseñó esto, como otras tantas cosas. Le debo la vida, más de una vez arriesgó la suya propia para salvarme, y cuando murió no pude hacer nada, tan solo lamentarme por no haber actuado como debía, como una auténtica profesional. Hacía bien mi trabajo, siempre lo creí,

pero cuando fracasé, supe que solo era una chica asustada, temerosa de la soledad, entristecida por haber fallado a mi compañero. Ahora lo sé, aunque lo que más me duele es el cómo llegué a comprender lo que siempre me intentó hacer ver: el mínimo error o duda es presagio de muerte.

Conocí a William Dempsey en mi primera misión. Me destinaron a la Embajada británica de Estocolmo, como analista informática. Había terminado la carrera, y era una gran oportunidad para una vida que despegaba hacia lo desconocido, hacia la grandeza. Pensé que me iba a comer el mundo. Qué equivocada estaba.

Descubrí unos archivos que relacionaban a personal de la Embajada con importantes traficantes de armas de origen ruso. Se hacían llamar *La Espiral Púrpura*. Habían entregado a dicho personal los planos de una bomba muy potente.

Tal vez fue ese el momento en que todo dejaba de tener sentido, trayéndome a este desmoronado presente.

No quiero achacarme ningún mérito en aquella operación, ya que solo fue producto del entrenamiento constante y la instrucción recibida antes de mi primer destino.

Lars Eriksson trabajaba como enlace diplomático en la Embajada de Estocolmo. Del círculo más cercano al

Embajador, contaba con ciertos privilegios que le ofrecían grandes oportunidades de obtener secretos de estado y venderlos al mejor postor. Antes de poner al corriente a mi supervisor decidí averiguar cuanto pudiera, necesitaba tener suficientes pruebas antes de hacer nada.

Una tarde, previa a una gran recepción en el edificio consular, conseguí acceder al sistema informático e interceptar una llamada de Eriksson. Un importante envío de gas sarín fue recogido por él en el último mes. Se planeaba un atentado en el que moriría mucha gente, y debía impedirlo como fuera. Entonces, comencé a seguir al enlace, anoté todo lo que sabía de él; el perfume que usaba, su plato favorito, su bebida, las rutas que escogía para ir a trabajar. Todo sin conocimiento de mis superiores. Sé que estuvo mal, y que pude haber ocasionado una tragedia. Era joven e inexperta, y muy ambiciosa.

Durante una reunión, una gélida mañana de febrero, el teléfono intervenido de Eriksson me dio un nuevo nombre: Bossian Rakalu, un narcotraficante camerunés que había recibido del enlace diplomático una gran cantidad de armas provenientes de un hangar desmantelado del antiguo ejército soviético. Ese día me convertí en su sombra, y me llevó directamente a los sótanos de la Embajada. Es-

taba segura de que estaba intentando montar la bomba, pero cuando llegué, vi que estaba muy errada. Todo estaba dispuesto para hacerla detonar, y fue él quien me llevó a la trampa. Había descubierto que lo seguía desde hacía días, y sabía también que mi deseo era detenerlo yo, sin ayuda. Estaba claro que no seguí el protocolo. Fui una ingenua.

Saqué mi arma reglamentaria y le encañoné, exigiendo su rendición. Él se giró, activó la cuenta atrás sonriendo y se tiró al suelo al tiempo que disparaba sobre mí. La bala me alcanzó en un brazo, aunque era tal la adrenalina que recorría mi cuerpo que ni siquiera lo sentí. Corrí hacia él y cargué con la rodilla por delante, clavándosela en el estómago. A continuación, le golpeé con fuerza en la cabeza con la culata de la pistola.

No había tiempo.

Un minuto y veinticinco segundos me restaban de una explosión que destrozaría las vidas de muchos inocentes. No podía dejar que sucediese, no debía hacerlo. Abrí la cápsula, pero entonces me fijé en la verdadera trampa: el diseño no era convencional, nunca había visto nada semejante. Una maraña de cables y sistemas secundarios de seguridad dificultaban la labor. El brazo me dolía y pude sentir el tibio reguero de sangre recorrerlo, el sudor me nublaba la vista.

Treinta y tres segundos.

No podía evitar que explotara, lo vi claro, y una chispa brilló en mi memoria, un recuerdo que me llevó a la Universidad de Cambridge, a la clase de sistemas básicos. Conseguí frenar la cuenta atrás sobrecargando el módulo de memoria, y antes de que se reiniciara, la rocié con un extintor. Solo gané tiempo. Entonces, escuché unos aplausos detrás de mí. Me di la vuelta, apuntando a Eriksson a la cabeza.

—Enhorabuena, agente —me dijo—, ha superado su examen final. Mi nombre es William Dempsey, y soy su nuevo compañero.

Me ofreció su mano para estrechársela, pero no me fié. Activé el localizador de mi reloj, y le ordené que subiera arriba. Mi supervisor abrió la puerta con una sonrisa en el rostro.

—Baja el arma, Beth. Es cierto lo que dice.

—¿Todo ha sido una farsa?

Había parecido demasiado real.

Ya de vuelta en Londres, me reuní con Dempsey y mi superior. Me entregaron una nueva documentación y mi identificación.

Ahora era Jessica Strauss, y comenzaba mi nueva vida.

2ª PARTE · EINSIEDELN

1

Abrir los ojos le provocó un fuerte dolor de cabeza y unas repentinas náuseas. Sufría un amargo sabor en la boca y un ligero escozor en la mano derecha. La tenía vendada. Frunció el ceño. Estaba en una cama enorme cubierta por una gruesa manta de piel. Entonces, recordó lo sucedido.

—¡Bill! —exclamó al mismo tiempo que se incorporaba.

Su ropa reposaba en una silla cerca de la cama. En vez de ella vestía un cálido pantalón de chándal y una camisa negra de algún estrafalario grupo de música. En la mesa de noche había una foto. Una joven oriental sonreía en un día soleado. Junto al retrato descubrió tres pistolas; la suya, la de su compañero y la de Farelli. Se acercó a la amplia ventana para asomarse: las nubes se habían despejado, dejando un cielo azul, límpido. El sol brillaba con fuerza y calentaba la tierra en un nuevo amanecer, cargado de funestos presagios. Abajo,

una persona ataviada con una larga gabardina negra estaba arrodillada ante un montículo de tierra, una tumba. Al lado de esta se hallaba otro agujero vacío, y un cuerpo cubierto con una sábana, próximo a una pequeña montaña de piedras.

Karl se despertó horas antes del alba. No podía creerse lo sucedido.

¿Es que he traído la desgracia a quienes me rodean?

Tras enterrar a su abuelo, sin saber de dónde había sacado las fuerzas necesarias, se arrodilló junto al sepulcro y rezó una oración por él. No era creyente, pero su abuelo sí, suponía que le habría gustado. No consiguió explicarse el origen de aquella tragedia, aunque existía alguien que sí. Se encontraba en su dormitorio. Tal vez no debió dejarla sola con tres armas, sin embargo, en aquel momento de desidia y tristeza, incluso deseó que ella le pegara un tiro y acabara con su sufrimiento. Lo lamentaba por su madre, por la gente que dejaba atrás, pero el dolor era demasiado grande. Y su mala fortuna se había llevado al viejo Sven, que no tenía culpa de nada salvo de haberlo acogido en su hogar.

Escuchó unos pasos detrás de él, pasos que intentaban ser sigilosos, aunque no lo suficiente para su entrenado oído. Cerró los ojos, esperando el estruen-

doso sonido del arma al disparar. Lo anheló fervientemente.

—¿A qué esperas? —preguntó, impaciente.

Jessica se detuvo a escasos siete metros del hombre, sorprendida.

—Tú me salvaste, no voy a matarte —respondió.

Él se giró con un rostro repleto de confusión y, tal vez ¿decepción?

—¿Quién demonios eres y qué haces aquí? ¿Por qué está muerto mi abuelo y ese otro hombre? ¿Para qué queríais esto? ¿Sois ladrones? —interrogó, mostrando el medallón que tenía en el cuello.

—Ese medallón contiene un chip con los códigos de una base de misiles. Debíamos impedir que cayera en las manos de Farelli, pero lo sorprendimos saliendo de aquí. Nunca debimos subestimarlo.

Karl entrecerró los ojos y escrutó la mirada de la joven. No había mentira alguna.

—¿Un chip? Eso es imposible. Esta pieza tiene más de setecientos años, y siempre ha pertenecido a mi familia paterna, desde que fue encontrado en unas ruinas.

—No puede ser —replicó, acercándose a él.

Al inspeccionarlo se dio cuenta de que algo iba mal.

—¿Qué sucede?

—Ruiseñor solicita extracción inmediata —susurró la mujer, acercándose el reloj a la boca.

—¿Extracción? ¿Eres policía o algo así?

—No. Cuanto menos sepas de mí, más seguro estarás. Ahora debemos esperar a que vengan por nosotros, poner a salvo el medallón y buscar respuestas —exhortó Jess.

En ese momento, el inconfundible sonido del rotor de un helicóptero llegó hasta ellos.

—Sí que son rápidos —exclamó Karl, sorprendido.

—Es imposible. ¡Ven!

Corrieron hacia la casa y se refugiaron en el vestíbulo.

—¿Qué es lo que pasa?

—No lo sé. Escóndete y no salgas. Oculta este medallón y espérame.

Luego se fue, dejándolo allí, solo y con un millón de preguntas en la cabeza.

Jessica acarició la empuñadura de la Beretta que llevaba a la espalda mientras aguardaba que aterrizara el helicóptero.

¿Cómo es posible que ya estén aquí?

El auricular de su oído chasqueó:

—*Agente Strauss, aquí Brown.*

Karl escuchó la llegada del aparato a la finca. Corrió a su habitación y se asomó a la ventana, escondido entre el grueso cortinaje.

Toda su vida cambió con la muerte de Lian, y su abuelo acababa de marcharse. Necesitaba conocer la razón. Por encima de todo, ansiaba una explicación que diera sentido a todo lo que había pasado en el último medio año.

Observó el talismán. Su pulida superficie grabada con antiguas runas, una lanza dibujada en el centro, un rostro tuerto detrás.

Aquí no hay ningún chip, pensó.

¿Por qué habrá mentido? Aunque su rostro se alteró profundamente cuando lo vio. Algo no encaja en todo esto. ¿Será una trampa? Pero, ¿de quién? Tal vez el asesino tenga las respuestas, debo encontrarle como sea.

Vio cómo saltaban del helicóptero varios tipos uniformados en negro y gris que se abrieron en abanico en torno a la mujer, apuntando sus fusiles al suelo. Segundos después se bajó un hombre trajeado, corriendo agachado, cubriéndose la cabeza con un maletín plateado.

Cuando el supervisor Marvin Brown se acercó a ella, sintió una extraña comezón en la base de la columna. Un presentimiento se abrió paso desde lo más profundo de su alma, un mal presentimiento.

—Entregue su arma y el medallón, Strauss, sabemos lo que ha pasado.

—¿Cómo dice?

El hombre, ya entrado en años, y atusándose una cuidada y recortada barba pelirroja, abrió el maletín y le mostró una pantalla.

No dio crédito a lo que vio, dando un paso atrás.

Los soldados la encañonaron.

—Ríndase. No se complique más, agente.

—No puede ser. Esto es una trampa. No puede creer que yo haya aceptado esos pagos, no puede…

—Entrégueme el medallón, no quiera acabar como su compañero —exigió su superior.

Percibió un ligero temblor en su voz. El sudor perlaba su frente.

—Nunca hubo chip, ¿no es así? —quiso saber ella—. Todo fue una maldita trampa.

—Ríndase. No lo repetiré más. Los registros bancarios ya han sido enviados a Londres. No tiene nada que

hacer. Ese medallón es más importante que usted, que yo o que esta maldita sociedad. Es el comienzo de un nuevo orden mundial. ¡Entréguemelo!

Karl Fédermann pensó que estaba bastante claro. Había sido testigo de muchas desgracias, todas girando a su alrededor, y ahora lo sería de algo que cambió toda perspectiva. Casi podía decir que toda su vida: la mujer saltó hacia el soldado de la derecha y aferró su brazo, giró sobre sí misma y le golpeó con fuerza el rostro con el codo, luego se hizo con el control del arma y disparó una letal ráfaga sobre el siguiente agente, que cayó despedido hacia atrás, inerte. Volvió a golpearlo y lo usó como escudo cuando el resto abrió fuego sobre ella. Rodó hacia el cuerpo de Bill y lo levantó, cubriéndose con él. Saltó al interior de la tumba vacía con el cadáver de su amigo y disparó contra ellos, que se movieron deprisa en busca de cobertura. Brown corrió hacia el aparato haciendo señas al piloto, las aspas comenzaron a girar cada vez más rápido.

Otro de los soldados echó rodilla en tierra y lanzó una descarga sobre Jessica, que se agachó antes de que los proyectiles silbaran sobre su cabeza. Quedaban cuatro. Volvió a disparar con su mano izquierda mientras tanteaba el cuerpo de Dempsey. Sabía que tenía un cuchillo, siempre

llevaba uno consigo. Cuando lo encontró, una bala rozó su hombro, arrancándole un aullido de dolor. Una sombra se abatía sobre ella a su derecha. Se volvió con presteza y arrojó la afilada hoja, que enterró en la tráquea de aquel ingenuo, haciéndole desplomarse en la hierba húmeda. El tartamudeante rugido de una ametralladora, acoplada en el afuste exterior, ensordeció el aire. Las inmisericordes andanadas destrozaban la improvisada trinchera, haciendo explotar la tierra a su alrededor. En cuanto el aparato se elevara un poco, su cuerpo se convertiría en un guiñapo sanguinolento. Se levantó y apuntó como le habían adiestrado. Expulsó el aire de los pulmones, acarició el gatillo y disparó.

Cuando el helicóptero ascendió unos metros, y los hombres que quedaban se acercaban para rodearla, Karl pensó que era el final de la mujer. Pero sin ella no tendría las respuestas que buscaba, y no podía permitirlo. Corrió lo más rápido que pudo, tanto como le permitió su dolorida pierna. No podía acabar con la amenaza, pero al verla actuar, sabía que solo necesitaba una distracción. Al abrir el portón y salir fuera, el espeluznante sonido que iba a destrozarla cesó de pronto. El aparato comenzó a describir unos peligrosos círculos al tiempo que una columna

negra de humo ascendía hacia el cielo aturquesado. El piloto saltó del vehículo, el hombre trajeado lo siguió a toda velocidad, antes de que chocara contra el suelo. Los soldados se echaron cuerpo a tierra. La explosión le reventó los tímpanos, se llevó las manos a los oídos sangrantes y se arrodilló, presa del dolor. Alguien envuelto en llamas chilló. Restos de una persona salieron despedidos en todas direcciones. Brown voló directamente contra una roca y se golpeó en el pecho. El crujido fue horrible, de los que hielan la sangre.

La mujer se asomó, aturdida y herida, e intentó trepar, aunque estaba sin fuerzas. Se quedó sentada allí, negando con la cabeza y preguntándose qué demonios iba a hacer en aquel momento.

Jessica Strauss se encontraba saturada, abrumada por cómo se había desmoronado todo en tan solo veinticuatro horas. No entendía qué falló. Estaba claro que todo había sido una encerrona, pero, ¿por qué? Ahora debía dejar de lamentarse y pensar en su siguiente movimiento. Tenía que concienciarse de que, a pesar de aquellos cambios bruscos, tenía que adaptarse. Siempre fue buena en eso.

Aquel medallón era el centro de todo, y tenía que averiguar por qué. Tal vez el inquilino de la casa supiera algo

más. Pero tendrían que escapar de allí cuanto antes. La habían localizado muy rápido, quizás otro equipo estuviera ya en camino.

Tuvo que sacar fuerzas de la nada para salir de aquella tumba.

2

—¿Vas a explicarme de una vez qué está pasando? —preguntó Karl mientras se limpiaba la sangre de los oídos.

Se encontraban en los sótanos de la casa, ocultos entre unas cajas. Ella sabía que debían huir, pero necesitaban recuperar fuerzas antes de llevarse algunas provisiones y emprender la marcha. De sus cosas cogió un pequeño artefacto alargado y rectangular, como un ordenador portátil, se conectó al sistema de seguridad de la mansión y accedió a las cámaras de vigilancia. Luego, buscaron un botiquín para hacerse unas curas básicas.

—Me tendieron una trampa. Tenían unos registros bancarios de pagos que se habían hecho a unas cuentas asociadas a mí por parte de unas empresas fantasma vinculadas a la mafia rusa y grupos extremistas de Oriente Medio. A todos los efectos soy una traidora. No sé qué tiene que ver este medallón, ni por qué es tan importante. Esta dirección figuraba como propiedad de uno de los ordenantes.

—Eso es imposible. No hemos hecho nada, yo al menos, y no creo que mi abuelo tuviera nada que ver. Ni siquiera te conozco. El asesino es quien debe tener respuestas. Hay que encontrarlo.

—No. Tú debes esconderte, huir lejos. Yo me ocuparé de esto.

—¿Tú sola? Ni hablar. —Karl negó con el ceño fruncido—. Ya estoy metido en esto de igual forma, y no pienso irme a ninguna parte sin antes obtener respuestas. Te guste o no, voy a ir contigo. He visto cómo te defiendes, tenemos más posibilidades juntos.

Ella entrecerró los ojos. La idea de llevarse el colgante y marcharse sola cruzó su mente, pero tenía razón en una cosa, y Bill siempre se lo había recalcado más de una vez. Quizás era hora de empezar a seguir sus consejos, aunque fuera demasiado tarde. Se había marchado para siempre, aunque no moriría en vano. William Dempsey seguiría vivo en sus recuerdos hasta el fin de los días.

El cementerio está lleno de héroes solitarios.

—De acuerdo, pero debes hacer lo que yo te diga. Esta gente es peligrosa, ya has visto de lo que son capaces.

—¿Puedes responderme a una pregunta? ¿Quién eres?

—Soy Jessica Strauss. ¿Y tú?

—Karl, Karl Fédermann. Soy escritor, aunque estuve trabajando como columnista en un periódico de Hong Kong, hace ya una eternidad.

—¿Hong Kong? Estás lejos de casa, Karl Fédermann. ¿Qué haces aquí?

—Cuando tenía cinco años emigré con mi madre a China, después de que mi padre, Manfred, muriera en un accidente de coche. Llegué ayer. Quería pasar una temporada con mi abuelo para... olvidarme de lo que dejé atrás. —A Karl se le formó un nudo en el estómago al rememorar al amable Sven, y bajó la vista, estremecido.

—¿Lian? —Jessica recordó el retrato de la hermosa chica, aunque en ese momento se arrepintió de haber preguntado—. Gritabas ese nombre anoche, y vi la foto esta mañana al despertar.

—Sí. —El joven tuvo que hacer un enorme esfuerzo para que no le temblase la voz.

Iba a continuar, pero guardó silencio, unos incómodos segundos que precedieron a un suspiro profundo y lleno de tristeza.

Jess se levantó, y colocó una mano en su hombro.

—Debemos irnos.

Antes de abandonar la propiedad de sus antepasados, recogió algunas cosas que creyó necesarias, y cargó la mochila. Entró en la habitación del anciano, y aspiró la enrarecida atmósfera. La esencia de su abuelo aún seguía latente allí, impregnando las paredes. Recogió las llaves y el viejo diario que reposaba en su mesita de noche. Pensó que tal vez explicara algo del medallón, y aunque habría querido ojearlo allí mismo, Jessica tenía razón, había que alejarse de la vivienda en el menor tiempo posible. Además, sabía que alguna vez volvería. No podía dejar las cosas así, se lo debía a su familia, a quien era realmente.

—Deja el teléfono móvil y las tarjetas. Coge solo dinero en efectivo.

—¿A dónde vamos ahora?

Ella lo miró con suspicacia.

—¿Hay algún vehículo que podamos usar? —quiso saber, evadiendo la pregunta.

MELIDE

1

Melide era una localidad que se encontraba en el cantón del Tesino, sobre la vertiente Sur de los Alpes. Al estar circundado casi enteramente por Italia, su lengua era prácticamente italiana. Famosa por su museo de miniaturas, el turismo estaba presente allí casi todo el año. En las orillas de los lagos de aguas cristalinas había hermosos bosques que trepaban hasta los altos picos. La región del Tesino se convertía en una bella postal para el recuerdo. En las grandes praderas crecían las *gencianas*, unas hermosas flores con forma de trompeta y de un vivo color azul. Para Karl era un paraje como nunca había visto, ajeno a los brotes tumorales de cemento a los que estaba acostumbrado. Sus ojos se detuvieron un instante en un eslogan publicitario que rezaba «desde los glaciares a las palmeras», una realidad que solo podía verse en aquel idílico lugar.

Desde la ventana de una modesta pensión, cerca de la salida del puente de Melide, que cruzaba de este a oeste el lago de Lugano, Karl contemplaba el impresionante panorama. Los Alpes se erguían majestuosos, indomables, implacables e impasibles ante el largo paso del tiempo. Habían llegado por la noche, después de abandonar el viejo Mercedes de Sven y robar otro vehículo. Al principio, se sintió molesto y enfadado por la idea de aquella mujer extraña, pero en una cosa tenía razón, debían ir con mucho cuidado, y toda precaución era poca. Aunque no le gustó dejar el antiguo automóvil, no tuvo otra opción.

Durante el trayecto desde Einsiedeln, leyó gran parte del diario del anciano. Había muchas dudas en el aire, muchas preguntas que ya no podían ser contestadas, sin embargo, cuando sus ojos azules se toparon con el dibujo de aquel colgante en una arrugada página, un súbito hálito de esperanza llenó su frustrado espíritu.

La Mano de Odín.

Jessica, sentada en el plato de la ducha y abrazada a sus rodillas, no dejaba de darle vueltas a lo ocurrido. El torrente de agua caliente que caía sobre ella era purificador, reconfortante. Durante un instante intentó olvidar la noche

anterior, pero el rostro destrozado de Bill seguía aferrado a ella. Quiso recordar su cara, la persona que era antes de aquella misión. Su última misión.

Ahora debía tomar las riendas de su vida. El MI-6 tenía una supuesta constancia de que era una traidora, y no iban a permitir que escapara. Su principal objetivo era limpiar su nombre y comprobar la magnitud total del asunto. No podía fiarse de nadie, y aunque tuviera que cargar con el civil que la acompañaba, una cosa era cierta, le había salvado la vida. Su extraño código de honor le impedía abandonarlo. No obstante, una vez pagada la deuda, volvería a su trabajo. Si todo salía bien.

Pensó quién de todos sus contactos podría ayudarla, sin embargo, era posible que todos ellos estuvieran comprometidos. Su red de aliados sería lo primero que rastrearían, los pisos francos a los que tenía acceso, todos sus alias... Tal vez incluso su rostro ya podría estar circulando por la mismísima INTERPOL. Debía desaparecer, convertirse en un fantasma, debía…

Tengo que morir, pensó. Su boca se torció en una pérfida sonrisa.

Había un hombre que podía ayudarla, alguien de su pasado que no la traicionaría, no sin antes hablar con ella.

Un vehículo se acercó por la calle, y todo su cuerpo se puso en tensión.

Eran las doce menos cuarto de la noche, y apenas había gente fuera. Una pareja paseaba abrazada, un anciano sacaba a su perro, un vehículo diésel aproximándose, una motocicleta a lo lejos…

Karl estaba tan absorto en la lectura que no se fijó en la furgoneta negra que estacionó en un lateral del hostal, ni en las cuatro figuras que se bajaron, embutidas en gruesos uniformes negros y cascos blindados, armados con fusiles de asalto HK-G36 de culata retráctil. Uno de aquellos desconocidos hizo bruscos ademanes al resto, y éstos desaparecieron en las sombras.

De pronto, Jessica salió del baño vestida. Llevaba las dos Berettas en las manos y el rostro ensombrecido, en alerta, concentrada.

—¡Al suelo! —gritó.

La ventana se hizo añicos, y una lluvia de esquirlas de cristal voló al interior del dormitorio. Karl rodó hacia Strauss y se zambulló tras la cama. El ensordecedor estruendo de las pistolas de la mujer llenó el aire cuando comenzó a disparar. Uno de los intrusos cayó abatido al instante. Un segundo soldado de asalto clavó rodilla en el

suelo y cambió el selector a ráfaga. En ese escaso segundo, dos proyectiles atravesaron su uniforme, destrozando la clavícula derecha y dejándolo fuera de combate. Dos granadas de humo hicieron explosión, cubriendo toda la estancia con una espesa niebla.

Karl se sintió tironeado de repente, y arrastrado al pasillo.

—¡Hay que salir de aquí! —chilló ella.

Fédermann se levantó y cogió la mochila, echando a correr detrás de Jessica. Cuando abrieron la puerta les estaban esperando. La mujer se encontró con un puño enguantado que le rompió el labio, y la lanzó hacia atrás. Una de las pistolas cayó al suelo. Karl se colocó la Altus y la sujetó por los hombros, dándole la vuelta y colocándola tras él. Strauss abatió a una figura que se acercaba por el pasillo, él se arrojó hacia delante, saltó y lanzó dos patadas seguidas al pecho de su adversario, que trastabilló varios pasos; luego hizo un barrido y lo derribó. Arrancó el casco del soldado y le golpeó repetidamente en la cara, al menos cinco veces, en menos de un segundo.

Corrieron hacia la parte trasera de la pensión. A lo lejos escucharon las sirenas acercándose. Los curiosos empezaban a ocupar la calle, las habitaciones del hostal se abrieron y decenas de inquilinos salieron. No les fue

difícil mezclarse entre la multitud, y tras andar varias manzanas, saltando de sombra en sombra, escabulléndose de miradas, evitando grandes zonas iluminadas, encontraron un pequeño aparcamiento. Entre los arbustos que hacían de muro, Jessica le pidió que esperara allí mientras ella conseguía un modo de transporte. Se acercó a un viejo Volvo S80 color gris, y comenzó a manipular su cerradura. Al poco tiempo, el motor se puso en marcha.

Diez minutos más tarde, cruzaban el puente en dirección a alguna estación de tren que los sacara rápidamente de allí.

—¿Cómo nos han encontrado tan pronto?

—Tienen recursos. Ahora debemos desaparecer de Suiza. Tengo un piso en París, es seguro y allí podremos descansar y pensar un plan antes de actuar, pero antes necesitamos morir.

—¿Cómo dices?

—Si nos dan por muertos dejarán de buscarnos, y podremos actuar con plena libertad. Tenemos que cambiar de apariencia e identidad. Jessica Strauss y Karl Fédermann van a tener un terrible final. —El rostro de ella, serio, hermoso a pesar de los golpes, tenía clavada la vista al

frente. Su cabello danzaba ligeramente con el viento que entraba por las ventanillas.

—¿Cómo vamos a lograrlo?

—Conozco a alguien que nos ayudará —respondió ella, derramando su mirada esmeralda sobre él—, en Ginebra.

—Ginebra —repitió Karl—. He viajado más en dos días contigo que en toda mi vida.

—¿Qué has descubierto del medallón?

—Por dónde empezar… El medallón no tiene ningún chip, eso es seguro. Según las anotaciones de mi abuelo, se trata de una llave, más bien una parte de una llave, fragmentada en cinco pedazos hace varios siglos.

—¿Una llave? —Jess frunció el ceño.

—Verás, realmente no sé si creer lo que pone el diario. Parece más una historia de fantasía que los pensamientos de un anciano.

—Explícate. —Sin quitar la vista de la carretera y echando leves vistazos por los espejos retrovisores, comprobó que nadie los seguía.

—Según este libro, Sven Fédermann pertenecía a una especie de secta que se hacía llamar la Mano de Odín, y se encargaba de custodiar lo que ellos denominaban con sumo fervor *Das Schmieden des donners*, la Forja del

Trueno. La supuesta cerradura se abre con cinco piezas; este medallón, un anillo, un cristal en forma de disco, las hojas de una espada y un hacha. Esta presunta orden, o secta, custodiaba dos de esas llaves, las otras tres están bajo el poder de un enemigo ancestral, un antiguo culto pagano al que llamaban Náströnd.

Ella lo miró, incrédula.

—No puede ser.

—¿El qué?

—Puede que sí sea cierto eso que dice tu abuelo, aunque en algo se equivoca, no es un culto. El asesino de Sven Fédermann se llama Giancarlo Farelli, un conocido mercenario napolitano que, según supimos hace poco, trabaja para Náströnd.

—¿Y qué demonios es Náströnd?

—Es una red que opera a escala mundial, pero no te puedo dar muchos más datos porque no lo sé. Espero que descubramos más de todo este asunto. Puede que mi supervisor también estuviera metido en el ajo, o que actuara sin tener pleno conocimiento. Tal vez fuera engañado también.

Jessica se desvió por un camino de tierra que llevaba a una estación secundaria. Allí compraron dos billetes, y

esperaron unos quince minutos antes de que el siguiente tren saliera. Conocía aquel lugar muy bien. Bill y ella tuvieron que interceptar a un científico ruso que desertaba, y ponerlo a buen recaudo antes de llevarlo a Londres.

—Nos bajamos aquí —dijo sin más.

La estación era un pequeño edificio de una planta con una única ventanilla y una sala de espera. Fuera, varios asientos vacíos eran los únicos testigos de aquel apartado paisaje. Frente a ellos, tras las vías, una hondonada cubierta de hierba ascendía abruptamente hacia una ladera. A la derecha, un frondoso bosque se extendía en forma de media luna, abrazando una planicie salpicada de colinas y árboles. Una formación montañosa se erguía sobre las oscuras copas y se perdía entre las nubes que cubrían aquella región del cielo.

2

El interior del vagón era cálido y acogedor, pero lo que más reconfortaba a Jessica era que estaba vacío, ocupado tan solo por ellos dos. Podían relajarse un poco. Se quitó las botas y estiró las piernas, luego cerró los ojos. El dolor de la cara casi había desaparecido, aunque el picor de la mano aún seguía ahí, aguijoneándole con molestos pinchazos. Intentó poner orden a sus pensamientos. Nada

tenía sentido: el anciano, el medallón, Náströnd, la muerte de Bill, su falsa acusación, la precipitada huida con un civil que había salido de la nada.

De la nada...

Le clavó una fría mirada. Había imitado sus gestos y descansaba con los pies sobre el asiento que estaba frente a él. Tenía los ojos cerrados y los brazos cruzados. Aseguró que era escritor, columnista de un periódico de Hong Kong, sin embargo, aquel «civil» había detectado sus pasos antes de acercarse a él, se movía con un sigilo y una destreza no muy propia de alguien que se pasaba la vida tras un teclado o una pluma.

Es una trampa.

—Alguien se acerca —susurró Karl sin alterar su postura, sorprendiéndola de nuevo.

—¿Cómo lo...? —empezó a preguntar, pero entonces lo escuchó. Unos pasos se aproximaban con cautela.

Jess se pegó veloz a la puerta, acuclillándose en el asiento y preparada para actuar. Desenfundó su arma y la ocultó entre las piernas.

De repente, la portezuela se abrió y entró bruscamente una mujer, empujada hacia el fondo de la cabina. Jessica la encañonó, y sintió un fuerte golpe en la cabeza, tras ella.

Antes de que la inconsciencia la absorbiera en un torbellino oscuro, escuchó una rasgada y afilada voz burlándose en italiano.

¡Farelli!

Karl se movió rápido. Lanzó una patada a la muñeca del napolitano mientras que con la otra pierna hizo crujir el tobillo, desequilibrándolo. El arma cayó al suelo, y el joven se levantó. La mujer chillaba como una histérica en un rincón, Jessica estaba inconsciente, y Farelli desenvainaba un resplandeciente machete, entrando con la rabia enrojeciendo su rostro lleno de cicatrices.

—¡Tú mataste a mi abuelo!

Esquivó el primer tajo saltando hacia atrás, el segundo lo detuvo golpeando con su antebrazo izquierdo. Impactó su puño derecho en la tráquea seguido de un codazo en la nariz. Su pie izquierdo se deslizó tras el talón de Giancarlo, y dio un doble golpe con ambas manos al pecho y estómago de su oponente. El asesino cayó hacia atrás, pero antes de poder hacer nada, aturdido y magullado tan repentinamente que aún se preguntaba qué había pasado, una sombra saltó sobre él. Una ráfaga de puñetazos en la cara lo mandó directo a unas tinieblas para las que no estaba preparado.

—Tranquilícese, señora —dijo en alemán, luego lo repitió en inglés, intentando calmar a la mujer.

Haciendo caso omiso a Karl, ella vociferó en francés, unos gritos que alertarían a curiosos si no lo habían hecho ya.

—Lo siento, señora. No me gusta lo que voy a hacer, aunque es necesario —susurró con la resignación dibujada en el rostro.

Un rápido golpe en la base del cuello hizo que la francesa se desplomara. Pasos acelerados de varias personas se acercaban por el pasillo. Miró a Jessica, luego al medallón, después entrecerró los ojos, observando la ventana.

Tengo que salir de aquí.

El mareo nublaba aún su vista cuando recobró el conocimiento. Un viento gélido azotaba su rostro, el cielo estrellado se abría en todas direcciones y sintió un mullido colchón de hierba húmeda bajo ella. Entonces, recordó: el tren, la mujer, Farelli... Se incorporó, pero gimió y se llevó las manos a la cabeza cuando todo comenzó a girar y girar, y volvió a dejarse caer. Gruñó de dolor.

Karl, a su lado, seguía inmerso en la lectura ayudado por una pequeña linterna de tubo. Al sentirla, dejó a un lado el diario y sacó de su mochila una cantimplora.

—Toma un poco, está fresca —dijo.

—¿Qué ha pasado? ¿Quién eres realmente, Fédermann? —interrogó, aceptando el ofrecimiento. Se fijó en sus nudillos, tenían la piel levantada y sangraban levemente. Su chaqueta estaba rasgada y llena de tierra.

—La tuve que dejar inconsciente, no paraba de gritar y atraía presencias no deseadas, así que tuve que saltar. Tendremos que caminar un poco hasta la siguiente estación, lo siento —se excusó bajando la vista, abrumado.

—¿Lo…siento? ¿Quién eres? No me creo que seas escritor. ¿Qué ha pasado con Farelli? —El agua bajó por su reseca garganta como un bálsamo refrescante.

—Tuve que dejarlo fuera de combate, aunque me era imposible cargar con dos cuerpos. Me hubiera gustado preguntarle un par de cosas, saber quién es realmente y qué tiene que ver con todo esto, por qué mató a mi abuelo, pero supongo que nos encontrará de nuevo. Si está detrás de este colgante, no cejará en su empeño.

—¿Dónde aprendiste a pelear? Si es verdad tu historia, has vencido donde dos agentes armados y entrenados fracasaron, donde muchos han muerto. Giancarlo Farelli, si es verdad que solo lo has dejado fuera de combate, te buscará y no descansará hasta que tenga tu cabeza en

sus manos. Créeme, estoy segura que el medallón no tiene importancia para él. Te repito la pregunta: ¿Quién eres en realidad?

—No te he engañado. Como ya te dije, mi madre me llevó a China tras la muerte de mi padre. Con cinco años, y debido a que ella tenía que trabajar en varios empleos para sacarnos adelante, el que me crio realmente fue Shun Yu, su padre, mi abuelo, mi maestro. Me adoctrinó en las artes marciales chinas hasta que cumplí los dieciséis años. Después, tras su muerte, estudié periodismo y me instruí en diferentes escuelas de Hong Kong. Fue cuando conocí a Lian. Siempre me gustó escribir, desde pequeño. Incluso estuve trabajando en una novela antes de la muerte de mi novia. —Dirigió una larga mirada al cielo.

Jessica se centró en la cadencia de su voz, en sus palabras. Normalmente sabía cuándo alguien mentía. O era muy bueno, o realmente le estaba contando la verdad.

—¿Puedo hacerte una pregunta personal?

—Adelante —dijo él.

—¿Cómo murió? Pareces sentirte culpable cuando hablas de ella.

—Preferiría no revivir aquello, al menos por ahora. Espero que no te moleste, pero no es algo que afecte a

84

nuestro objetivo principal. —Poniéndose a la defensiva, Karl cambió de tema—. ¿Cómo llegamos a Ginebra? Yo no tengo ni idea de dónde estamos.

—Ginebra se encuentra demasiado lejos. Debemos coger un tren —aseguró ella, levantándose.

—¿Tienes fuerzas para continuar? —preguntó él. Un claro gesto de preocupación ensombreció su rostro.

Jessica se ruborizó un instante.

—Sí, adelante —exclamó, encabezando la marcha.

Karl se ajustó el correaje de la mochila y fue en pos de ella, dándole vueltas al lío en que se había metido.

Jessica frunció el ceño. Aún no se creía lo que le había contado. Se había desecho de un asesino profesional y había cargado con ella, cuando pudo haberse marchado, saltando de un tren en marcha, probablemente lastimándose en la caída. Viendo cómo había quedado la chaqueta, no tenía dudas de ello. Sin embargo, lo que más le sorprendió era su modestia y su determinación para adaptarse perfectamente a las situaciones que afrontaba.

Y era la segunda vez que le salvaba la vida. Eso no iba a olvidarlo.

¿Quién eres, Karl Fédermann? ¿Es posible que sí haya gente buena en el mundo?

El cielo se abatía sobre ellos mientras tomaba la dirección sudoeste en completo silencio. El camino se abría ante ellos hacia la negra noche. Las luces de un establecimiento brillaban a lo lejos, y con un suspiro que rozaba el alivio, Jessica aceleró el paso.

Karl no dejaba de darle vueltas a lo que sucedido y a lo que había leído. Guardaba celosamente aquel diario en el bolsillo interior de su abrigo, lo sacó despacio y lo abrió por la página marcada. Debía haber algún error. Aunque confiara en ella, no debía enseñárselo, al menos por el momento.

Echó un último vistazo al dibujo, fechado en febrero de 1977, que mostraba sus retratos, dos manos empuñando una lanza, dos runas opuestas marcando dos fechas de nacimiento. Una era la suya, el diez de diciembre de 1978; la otra un siete del mismo mes del año 1982.

¿Qué significa todo esto, abuelo?

1

La *Rue du Rhône* era una larga carretera transitada a esas horas de la tarde por numerosos vehículos que dejaban flotando en el aire el murmullo constante de su paso.

A una altura media de la calle, una solitaria cafetería atendida por un aburrido joven recibió la visita de una pareja. El dependiente despegó la vista del televisor, que descansaba sobre una base anclada a la pared, y se fijó en los recién llegados. La mujer era atractiva; observó sus sinuosas curvas bajo aquella ropa oscura. Su acompañante parecía extranjero, con ciertos rasgos orientales, y estaba claro que no vivían por la zona. Ella se acercó a la barra y pidió dos cafés con un vaso de agua, luego se sentaron en una mesa apartada, cerca del ventanal junto a la entrada.

Jessica se sentó pegada a la pared. La ventana le permitió ver quien se acercaba frente a ella, y el espejo

sobre la puerta le daba un buen ángulo de visión para el lado contrario.

Habían pasado dos días desde que huyeron del tren y de Farelli. Dos días penosos bajo lluvias esporádicas, el frío y el hambre hasta que encontraron el transporte a Ginebra. Fue un viaje duro, y cuando bebieron el primer sorbo de aquel café caliente y humeante, se sintieron reconfortados.

A los pocos minutos, un hombre ataviado con un abrigo largo de un azul muy oscuro pasó de largo mientras se encendía un cigarrillo. Detrás de él, una pareja se detuvo en la puerta del local, y tras darse un profundo beso, entraron en el cálido interior.

—Tenemos que irnos —dijo Jess, apurando la bebida.

—¿Ya? Acabamos de llegar.

Strauss dejó una buena propina en la barra y se despidió con una sonrisa en los labios antes de salir del establecimiento seguido por un confuso Karl.

Continuaron hacia el este hasta un paso de peatones, y cruzaron el jardín *Anglais*, un hermoso parque con una gran fuente en el centro y salpicado de árboles. El hombre del abrigo estaba junto a la fuente, con la vista perdida en la columna de agua que ascendía para luego caer de nuevo.

Jessica llevó a su acompañante hasta un tronco de ramas bajas, y lo abrazó.

—¿Qué haces? —preguntó, alarmado.

—Espera aquí —le susurró al oído—. Esa es la persona que nos ayudará. Ahora no hagas ningún ruido.

Cuando la vio alejarse, se preguntó, por primera vez desde que la conocía, qué clase de sufrimientos había padecido para que llegase a acabar así. Tan abstraído estaba en su desgracia que no pensó en las tragedias ajenas. Ella no solo perdió a alguien querido, la buscaban por crímenes de los que era inocente y que hundieron su carrera, tachándola de traidora. En ese preciso instante sintió una gran admiración y respeto por ella. Todo su pesar era su propia armadura, una dura fachada que escondía ese interior tan lleno de rabia y melancolía. Podía notarlo.

Jessica se aproximó a la alta figura de corto cabello rubio. Trajeado elegantemente, disfrutaba de su cigarrillo mientras esperaba.

—Hola, Hans —saludó ella, situándose a su lado.

El tal Hans la miró mientras exhalaba una bocanada de humo, y refunfuñó algo. Era un tipo grande, de más de metro noventa, y rozando el medio siglo de edad. Su rostro pétreo parecía esculpido en granito. Con una mandíbu-

la prominente y anchos hombros, aquel hombre imponía respeto allí donde fuera.

—Te buscan —dijo con sequedad.

—Por eso te llamé, necesito tu ayuda.

—Ven aquí —exclamó, abalanzándose sobre ella.

Jess se abrazó a él con fuerza, y no pudo evitar romper a llorar.

—Siento mucho lo de Bill —murmuró él a su oído—. Sé que no tuviste nada que ver, pero he visto las pruebas: los pagos, archivos codificados, los expedientes de nuestros agentes que supuestamente has vendido al mejor postor… En cuanto me enteré tuve la necesidad de verte, de mirarte a los ojos y ver qué me decían estos. Deseaba que la punzada en mi pecho fuera un vano temor, y no la realidad. Ahora estoy tranquilo. Tuvo que ser alguien de dentro. Se necesita autorización de alto nivel para lograrlo. Ni yo puedo hacerlo sin levantar sospechas.

Ella se separó, y miró la humeante varilla de papel y tabaco.

—Marvin Brown era mi supervisor. Nos mandó a Bill y a mí a interceptar a Farelli, un asesino napolitano, y robar un medallón que tenía oculto un chip con los códigos de una base de misiles. Era un farol. No existía ese chip, y a

Brown se le veía demasiado ansioso por echarle el guante encima a ese colgante. Todo gira en torno a Náströnd, pero ni siquiera sé qué es realmente. Parece ser una especie de red de tráfico de drogas, armas, trata de blancas y cualquier asunto turbio que puedas imaginar. No sé cuánto hay de realidad en todo esto, pero no puedo buscar respuestas teniendo un ojo siempre acechándome.

—Es más que eso, Jess. Hay algo gordo moviéndose en las altas esferas, y muy pocos se atreven a dar respuestas. Da igual los oídos que susurre, siempre me encuentro con negativas. Sé lo de Náströnd, llevo tiempo siguiendo sus pasos, y Brown es uno de los innumerables apéndices con los que cuenta. No sabemos nada de medallones, pero hace poco descubrimos que un anticuario de París trabaja para esta organización, un español llamado Rodrigo Sánchez de Balboa. Marvin Brown tuvo una conferencia por un canal interno con ese hombre, y entablaron una conversación cifrada durante unos pocos minutos. Tengo a gente siguiéndolo ahora mismo, parece inofensivo.

—¿De qué hablaron?

—De algo llamado *Balmung*. Creo que es un arma, una espada o algo así. ¿Qué es lo que necesitas realmente de mí? Corres peligro exponiéndote de este modo.

A Jessica se le iluminó el rostro.

—Lo sé. Necesito dos identidades nuevas, algo de dinero, la dirección de ese anticuario, y desaparecer. Que mis perseguidores me den por muerta. Y también necesitaría un sitio seguro donde pasar la noche.

Él la miró ceñudo y gruñó. A continuación, extrajo del interior del abrigo una tarjeta amarilla con una dirección escrita.

—Yo me encargo de todo, puedes ir aquí. Es un pequeño piso de mi propiedad donde no tendrás que preocuparte por nada. Pero antes dime, ¿a quién has involucrado? ¿Quién es ese que no te quita la vista de encima y que te acompañaba en el café?

—Se llama Karl Fédermann, el nieto del anciano asesinado. Busca respuestas, y creo que me será de gran ayuda para desentrañar esto. —Ella le echó un rápido vistazo antes de volver a mirar a Hans—. Aunque no estoy muy segura de la veracidad de su historia.

—Lo investigaré. Ahora debes marcharte. Toma este teléfono móvil, es de prepago, pero no lo uses. Yo te llamaré cuando esté todo listo.

—Gracias, Hans, te debo una muy grande —dijo, volviendo a abrazarlo.

—No, bella flor, ahora estamos en paz. Nunca olvidaré lo del Cairo, fuiste mi ángel salvador en aquellas catacumbas, y nunca podré pagarte realmente que me trajeras a casa —replicó, dándose unos golpecitos con el dedo en la amplia cicatriz bajo la quijada.

—No digas eso, tú habrías hecho lo mismo por mí.

—Bueno, Jessica, será mejor que te vayas. Descansa y déjame a mí el resto.

—Hasta la vista, Hans —se despidió, mostrándole una resplandeciente sonrisa.

—Hasta la vista, Strauss.

2

El viento mecía suavemente los helechos que colgaban del techo del balcón. La luna llena, reina de aquel oscuro firmamento, brillaba en todo su esplendor, enorme y magnánima en sus dominios. Jessica, con la mirada perdida en aquella joya plateada, escuchaba el sonido de la ducha, un sonido relajante que la adormeció levemente.

A pesar de que en un principio pensó que Hans la traicionaría, que escucharía las sirenas de los vehículos de policía a lo lejos, los megáfonos, las advertencias y los disparos, le reconfortó ver que después de varias horas en aquel pequeño apartamento, lo único que se

respiraba era paz y tranquilidad. En ropa interior y con una camisa blanca demasiado grande para ella, la joven estaba apoyada en la barandilla de madera, absorbiendo cada partícula de calma.

El piso de Hans era pequeño, contaba con un dormitorio prácticamente vacío, un salón apenas amueblado con una mesa y unos sillones, un baño con varios botiquines médicos de urgencia y una escueta cocina con algo de comida enlatada.

Karl estuvo una media hora en la ducha, bajo aquella cascada de agua fría, como agujas de hielo que se clavaban en su aterida piel, pero no le importó, incluso le resultó placentero después de los últimos días vividos.

Por un momento, deseó estar en casa, lejos de aquella pesadilla, sin embargo, desde que había visto los dibujos, un sentimiento extraño y confuso en apariencia, estaba afectándolo en gran medida. No sabía qué era, pero lo vinculaba a la fría e impasible mujer que se encontraba en la habitación contigua, probablemente preguntándose qué hacer con él, cómo deshacerse del lastre.

Suspiró mientras se frotaba la cara. Cerró el grifo, y se secó con una toalla azul oscuro que llevaba bordado el escudo de la armada británica, envolviéndose luego con ella.

En el salón, junto a uno de los sillones, descansaba su inseparable mochila. Sujetando los pliegues del paño, se agachó mientras buscaba ropa limpia.

Jessica se giró al escuchar los pasos de Karl. Sintió el rubor ascender por su cuerpo cuando vio el escultural torso de su compañero salpicado de húmedas gotas de agua. Su piel, ligeramente bronceada, brillaba bajo el fluorescente del salón, y cuando le dedicó una fugaz mirada con aquellos gélidos zafiros, descubrió cierto atractivo en sus exóticos rasgos. Pero en aquellos ojos relucía una tristeza amarga, un dolor imposible de olvidar y muy difícil de ocultar.

Una extraña desazón comenzó a roerla por dentro, un sentimiento abrumador que nunca antes había sentido.

En aquel cruce de miradas, ambos despertaron algo para lo que no estaban preparados.

Tumbado en el suelo sobre unas mantas, el joven leía bajo la luz tenue de su linterna. Jessica se había retirado al dormitorio después de haber compartido una frugal cena y apenas un par de frases sobre la conversación con Hans. Ahora debían esperar a que él la llamase. Si todo salía bien, ese anticuario de París podría saber algo de la espada y el resto de piezas, y sobre todo tener las repuestas

que buscaba. También debían hallar la forma de limpiar el nombre de ella, aunque no sabía cómo hacerlo, ni por dónde empezar.

Aquella noche de reposo soñó con Lian, fue la última vez que lo hizo. Para él resultó una liberación, una forma de dejarla marchar, volar a una nueva vida. Siempre la tendría en el corazón, y a pesar de que en un principio no pudo explicar el motivo, algo había cambiado en él, algo que, por fin, le ayudó a aceptar su muerte.

EN EL
RECUERDO
QUEDARÁ...

HONG KONG

T.O.P.
Secret

2.011

Paseábamos aquella noche por una calle poco transitada cercana a un pequeño parque. Los edificios se elevaban sobre nosotros, como silenciosos vigías, y el cielo nos acunaba sembrado de titilantes estrellas. Íbamos cogidos de la mano, ella, con un pantalón de pana y un jersey azul, sonreía mientras apoyaba su cabeza sobre mi hombro.

Faltaban tres días para que se cumpliera nuestro tercer aniversario, y había trabajado duramente en el periódico y por las noches en los almacenes de pescado para poder comprar el anillo. Quería pedirle que se casara conmigo, incluso reservé una habitación para ese día y una orquesta en el salón de baile de un lujoso hotel del centro.

Recuerdo que esa noche habíamos ido a ver una película en el cine, y al salir cenamos en una terraza. Era feliz, y por nada del mundo pensé que me podrían arrebatar aquel gozo.

Nos detuvimos en el parque, y nos sentamos en un banco cuando ella me miró directamente a los ojos.

—Me han concedido la beca, amor mío, el año que viene entraré en la Escuela de Idiomas.

—¡Por fin! —exclamé.

La abracé con fuerza. Había estudiado mucho y realizado demasiados sacrificios. Me alegraba que por fin sus esfuerzos dieran sus frutos. No conocía a nadie que se lo mereciera más.

—¿Qué te parece si lo celebramos? Mañana podemos ir a las afueras, al pueblo ese que te gusta tanto. He escuchado que están de fiesta.

—Sería genial, unos días para nosotros lejos del bullicio de la ciudad.

Entonces, resonó un estruendoso rugido en el silencio nocturno, seguido de un grito de auxilio. Ambos nos miramos sin saber qué decir, ni qué hacer.

Un muchacho, de apenas veinte años, surgió de pronto de entre los arbustos, tambaleándose. Tenía una mano en el abdomen.

—¡Ayuda! —chilló.

A su espalda, otros tres chicos saltaron sobre él, derribándolo.

Lian y yo nos levantamos cuando uno de los persegui-dores alzó una pistola a la altura de sus ojos y abrió fuego. Mi primera reacción fue abalanzarme sobre ella para es-cudarla. La lluvia de disparos cayó sobre el joven herido, abatiéndolo al instante.

Los asesinos se quedaron mirándonos con una sonrisa malévola dibujada en sus rostros macilentos.

—Un mal lugar en un mal momento —dijo uno de ellos. Me encañonó a la cabeza.

Lo que sucedió después fue tan rápido que aún hoy me cuesta recordarlo. Salté hacia adelante apresando la mano de la pistola y lancé una patada lateral al delincuente de la derecha, logrando tirarlo al suelo. Torcí bruscamente la muñeca que tenía cogida y lo volteé sobre mi hombro.

El que quedaba retrocedió un paso, y desenfundó con presteza. Disparó sobre mí en el preciso instante que Lian me abrazaba con fuerza. Su rostro se torció en una mueca de dolor. Un hilo de sangre brillante le mojó los labios. Sus ojos, abiertos y llenos de sorpresa, me miraban con profunda pena.

Murió en mis brazos.

—¡Larguémonos! —gritó uno de ellos, levantándose.

Dejé de oír, de ver, de sentir, de pensar…

No sé qué pasó. Creo que me dieron una paliza, porque desperté en un hospital con la cabeza vendada y un fuerte entumecimiento en todo el cuerpo.

Cuando me recuperé, al menos dos semanas después de aquello, solo había una cosa que me absorbía por completo, y era la sed de venganza. Los busqué, y no estoy orgulloso de lo que hice, al contrario, me arrepiento profundamente de ello.

Encontré a dos de ellos en el metro, atravesándose las venas con sucias jeringuillas llenas de heroína y la vista perdida, ausentes, volando directamente al infinito. A uno le aplasté la cabeza contra la pared, destrozando nariz, dientes, mandíbula… El otro me miró con cara de imbécil, le hice levantar retorciéndole un dedo de la mano, y le golpeé con furia por todo el cuerpo. Sus huesos crujieron, pero no me detuve. Mi vista se había nublado con un velo rojo, y una cólera sin límites movía a gran velocidad mis miembros: puños, codos, rodillas, piernas. Quedó convertido en una piltrafa lastimera en el repulsivo suelo lleno de basura y cucarachas.

—¡Eh! —gritó alguien a mi espalda.

La amenazadora boca del cañón de una pistola semiautomática me apuntó directamente entre los ojos. Recuerdo

que sonreí. Le di una patada a una papelera, lanzándosela, y me arrojé hacia un lado. Las balas silbaron por encima de mi cabeza. Rodé hacia él y golpeé sus tobillos, derribándolo. Con un rápido movimiento, le arrebaté el arma y le disparé tres o cuatro veces, dejando su cabeza completamente irreconocible.

Sé que cometí el mayor error de mi vida. Lian no lo habría aprobado, pues su alma era pura y colmada de bondad. Mi maestro me dijo una vez que uno no debe enorgullecerse de arrancar una vida, sino avergonzarse. La vida es preciosa, es un regalo, y como tal hay que preservarlo, como sea.

Ahora comprendo sus palabras.

GINEBRA

1

La mañana se abrió paso a través del velo de la noche, deshaciendo los jirones de niebla con timidez mientras la ciudad comenzaba a despertar.

Jessica abrió los ojos, completamente repuesta, y se desperezó. Un reconfortante aroma a café recién hecho inundó sus fosas nasales y terminó de espabilarla. Saltó de la cama y se metió en el baño.

Apoyó las manos en la pared, y dejó que el agua de la ducha cayese sobre ella, revitalizándola por completo. Se miró el largo cabello y suspiró. Una vez cumplida la primera parte del plan tendría que cambiar de apariencia.

Maldita sea. Si al menos estuvieras aquí, amigo mío, todo sería más sencillo.

Karl se había aseado y afeitado mientras Jess dormía. Preparó la cafetera, y siguió ojeando el diario del viejo Sven.

«La Cámara se mantiene congelada en algún punto debajo de Groenlandia. La Mano de Odín dejó aquellas tierras de culto cuando Náströnd los expulsó. Él guarda la puerta, pero es incapaz de cruzarla. Sin embargo, la lucha nos ha desgastado mientras sus impías garras se han extendido por los confines de La Tierra. De los cinco quedamos tan solo dos. Están a un paso de lograr lo que siempre habían buscado, el control y el poder absolutos. Si consiguen llegar a la forja será una catástrofe. Que Odín, poderoso en su trono helado de Asgard, nos de la sabiduría para encontrar nuestra propia fortaleza. Comienzan los días aciagos que preceden al fin de los tiempos, del mundo que conocemos hoy día.»

Jessica entró en el salón vestida con un pantalón vaquero y un jersey de cuello alto de un tono lavanda. Su cabello húmedo dibujaba ondas sobre sus estrechos hombros. Contorneando su esbelto cuerpo, avanzó con parsimonia hacia el abstraído y ávido lector.

—Buenos días —dijo ella.

Él alzó la vista, y le dedicó una leve sonrisa.

—Hola. Hay café recién hecho.

—¿Has descubierto algo? —preguntó mientras se servía una taza.

Admirando su figura, Karl se aclaró la garganta.

—Realmente no he descubierto mucho más de lo que ya sabemos. Mi abuelo habla de algo enterrado bajo los hielos del Ártico, buscado desde hace siglos por estas dos sectas; una para custodiarla, otra para dominarla. Si hay algo de verdad en esto, no lo sé, pero esa forja como la llaman, sea lo que sea, mantenía a la Mano de Odín en un estado de miedo constante. Sé que es una locura, pero si hasta tu superior estaba metido en eso…

—¿Qué es eso de la forja?

—La llaman la Forja del Trueno, pero no sé a qué se refiere. Algún tipo de artefacto quizás. Seguro que ese anticuario sabe más del tema, aunque no es más que una corazonada.

—Si Marvin Brown es un traidor y trabaja para Náströnd, debemos encontrarlo. Nos debe muchas respuestas.

—Espero que haya muerto cuando explotó el helicóptero.

—Nunca des por sentado todo lo que veas, nada es lo que parece. No me fío de ese hombre, sabré que está muerto cuando le meta una bala en la cabeza —dijo ella, tensando la mandíbula.

—¿Te puedo preguntar algo?

—¿Qué quieres saber?

—Sé que eres una especie de agente o algo así, pero, ¿cómo te metiste en esto?

—Acababa de terminar la carrera cuando me reclutaron. Se me daban bien los ordenadores, después me destinaron a Estocolmo. Es cuanto puedo contarte.

—Ya. Supongo que no debería hacerte este tipo de preguntas.

—Te lo agradecería —respondió secamente.

En ese momento, una chirriante melodía brotó del altavoz del teléfono móvil que Hans le había dado. Ambos se miraron instintivamente. Jessica cogió el aparato y descolgó.

—¿Si?

—*Reúnete conmigo en el Hotel Bristol, plaza de Mont Blanc. Cazadora amarilla, en una hora* —y colgó. Reconoció la voz de su viejo amigo.

—Debo salir. No te muevas de aquí, y no le abras a nadie que no sea yo. Si todo sale bien, dentro de poco nos olvidaremos de toda esta pesadilla, y cada uno podrá irse por su lado. También necesito tu cartera, es vital para el plan de fuga.

Karl asintió mientras la veía dirigirse a la puerta. No supo por qué dijo lo que dijo, quizás le pareció lo más correcto, dadas las circunstancias:

—Ten cuidado.

Jessica salió del apartamento y caminó durante cinco minutos antes de conseguir parar un taxi. En el interior no dejaba de darle vueltas a su siguiente movimiento. Habría que tener cuidado con Farelli, pues sabía que estaba al acecho, esperando la mejor oportunidad para atacar.

En aquel momento, se arrepintió de haber dejado a Karl solo en el piso. Si el italiano lo cogía desprevenido, sería su final, aunque él también había conseguido escapar dos veces del asesino. No obstante, pese a toda la maraña de pensamientos caóticos que nublaban su lucidez, dos palabras pesaban más que el resto, dos palabras que resonaban en su cabeza. Aquellas palabras, y el tono preocupado con el que fueron pronunciadas, se clavaron en lo más profundo de su ser, aferrándose a los extraños sentimientos, confusos y contradictorios, que estaban despertando en su interior.

Ten cuidado.

Frunció el ceño con disgusto.

El Hotel Bristol era un lujoso edificio del siglo XIX, de cuatro estrellas, situado en el centro de Ginebra, cerca del lago Lemán y la estación principal de trenes. Cuando el taxista detuvo el vehículo delante de la en-

trada, la mujer le dedicó una forzada sonrisa y le pagó, apeándose luego.

Con sus característicos toldos rojos y las resplandecientes letras sobre la blanca fachada, el Bristol resaltaba sobre el resto de construcciones. Jess cruzó la calle y se encaminó a la plaza. Consultó su reloj de muñeca. Faltaban diez minutos para la hora convenida, así que se dedicó a inspeccionar el lugar.

Necesitaba arreglar su vida, sobre todas las cosas, anhelaba poder demostrar que no era una traidora. Alguien se la había jugado, y lo pagaría caro.

Un hombre de color, con una gorra azul de algún equipo de fútbol, y una cazadora amarilla se acercó a ella sacando un cigarrillo.

—Perdone, ¿tiene fuego? —dijo, luego la miró directamente a los ojos y le susurró—. Café *Lefleur*, en la estación.

—No fumo, lo siento.

—Gracias, y disculpa, preciosa —respondió, asintiendo con la cabeza.

Jessica se alejó del hombre de la cazadora, y partió a correr.

2

Karl quitó la vista del diario al escuchar el motor de un vehículo acercarse calle abajo. Se levantó para asomarse tras la cortina. Un Fiat Punto rojo pasó de largo, detrás, un motorista alzó la mirada hacia el pequeño balcón donde se escondía Fédermann.

Apenas había pasado un cuarto de hora desde que Jessica se hubo marchado cuando la puerta principal del edificio se abrió, cerrándose con un fuerte golpe.

Un mal presentimiento cruzó su mente al escuchar unos pasos acelerados que subían las escaleras. Se puso en tensión.

Corrió hacia la puerta y se pegó a la pared. Las pisadas se detuvieron cerca. El metálico tintineo de unas llaves abriendo una cerradura, a dos apartamentos más allá de donde estaba, le tranquilizó. Volvió a respirar, algo calmado.

De pronto, la ventana que tenía en frente estalló en mil pedazos. La detonación ensordecedora y la lluvia de afiladas esquirlas lo obligaron a agacharse y cubrirse con ambas manos la cabeza. Sintió los aguijoneantes besos de las púas de cristal por todo su cuerpo, lacerándolo y provocándole cientos de pequeñas y dolorosas incisiones carmesíes. Aturdido, herido e indefenso, Karl solo pudo ver

una silueta borrosa que se introducía por el agujero de la ventana y se acercaba lentamente a él.

—Estaba buscándote —dijo una voz rasgada.

Una mano le agarró el cuello y golpeó su cabeza contra la pared, una y otra vez. Sintió cómo un misil golpeaba su espalda. Antes de poder reaccionar, fue levantado en volandas para luego ser arrojado de nuevo. La mesa se partió bajo su peso, y sus huesos crujieron. Todo le daba vueltas, y la inconsciencia rugió en sus destrozados tímpanos cuando la suela de un zapato se estrelló en su cara.

La cafetería-bocatería *LeFleur* era un tugurio mal iluminado situado en un solitario andén, cerrado por reformas. El dependiente era un tipo gordo, de incipiente calva y enormes y grasientas manos.

Hans la esperaba fuera, en una de las mesas y ojeando una revista. Un periódico doblado y un teléfono móvil de última generación descansaban junto a su brazo derecho. Jessica se aseguró de que estaban solos cuando se sentó junto a su viejo amigo.

—Perdona las precauciones, quería asegurarme de que no te seguía nadie. Bien, así están las cosas —comenzó a decir con voz grave—. Necesito un diente y un par de cabellos para los análisis forenses. En la sección de deportes

hay un sobre con las nuevas identidades, libres de rastreos, y varios objetos que te serán de suma utilidad. Tienes también un comunicador y dos móviles desechables. En una pequeña caja de tabaco hay una llave que abre una taquilla en esta misma estación. Son recursos, Jessica, que debes utilizar con precaución.

—Gracias, Hans. Por cierto, ¿has descubierto algo sobre Fédermann?

—No me las des. En cuanto a tu compañero, está limpio, en parte al menos.

—¿A qué te refieres?

—Karl Fédermann es un escritor novel que estudió periodismo en una modesta universidad del sur de China. Hijo de Manfred Fédermann y Xia Feng, desde los cinco años vivió al cuidado de su abuelo materno hasta la adolescencia. Se licenció y estuvo trabajando como administrativo en una empresa de papel. A los veintiséis años dejó aquel empleo y se trasladó a Shanghái, donde entró a formar parte de la escasa plantilla de un restaurante. A los treinta conoció a la que sería su novia hasta hace unos seis meses. Dejó la cocina para coger de nuevo la pluma. Publicó una novela de ficción, gracias a la cual se abrió camino en uno de los periódicos más leídos en

Hong Kong, durante los últimos cuatro años. Su novia se llamaba Lian Jing, asesinada en un tiroteo. Parece ser que estaban en el lugar y momento equivocados. Fue, sencillamente, mala suerte.

—¿Qué pasó? ¿Por qué dices que está limpio en parte?

—Unas semanas más tarde después del desafortunado asesinato, tres yonkis murieron de una brutal paliza en una vieja estación de metro. Una de las armas que llevaban coincidía con la pistola que mató a la muchacha. Es muy probable que tuviera algo que ver. Ten cuidado.

—No te preocupes por mí.

—Bueno, a lo que vamos.

Hans sacó una pequeña bolsa marrón del interior de su chaqueta de Armani y colocó sobre la mesa unas pequeñas tenazas, unos guantes de látex y un recipiente esterilizado.

—Lo que estás a punto de hacer va a cambiar tu vida. Jessica Strauss habrá muerto para siempre —susurró poniéndole una mano sobre la suya.

—Pero lo habrá hecho con su honor intacto.

—Los servicios están dentro, no hagas mucho ruido —dijo, volviendo a su lectura—, y no tardes.

Dos minutos y treinta y siete segundos después, la mujer salía con paso decidido y volvió a ocupar su asiento. Hans sonrió cuando la vio.

—¿Te has arrepentido?

Ella no dijo nada. Puso en la mesa la bolsa y el pequeño recipiente. Lo agitó y se escuchó algo dentro.

—Veo que lo tenías decidido —asintió mientras cogía todo con premura—. Ahora me encargo yo. Cuando recibas mi señal es importante que entre las cuatro y las siete de la tarde de ese día no salgas del refugio.

—¿Qué vas a hacer?

—¿Recuerdas Oslo? ¿Milovich?

—Sí. El químico serbio que murió en la refinería. Leí el informe. Aquello ocurrió durante mi estancia en Praga.

—No está muerto. No puedo decirte más.

—De acuerdo, confío en ti. Gracias, Hans, por todo —dijo ella. Un hilillo de sangre resbaló por la comisura de sus labios.

—Suerte, Jessica, ya te llamaré.

Antes de llegar al edificio donde había pasado la noche, algo la inquietó. Aferró con fuerza la mochila que había sacado de la estación, temiéndose lo peor. Vehículos de policía adelantaron al taxi en el que estaba

y se dirigieron a gran velocidad hacia allí. Cuando se apeó y vio la ambulancia, se temió lo peor. Los agentes de la ley habían dispuesto un cordón de seguridad y habían evacuado todo el bloque, dejando a los vecinos asustados y llenos de preguntas. La incertidumbre que la invadió le destrozó los nervios, pero cuando vio el agujero que había quedado de la ventana, se le cortó la respiración.

¡El medallón! ¡Karl!

Sus ojos y oídos estudiaron todo su entorno con una precisión matemática, inculcada con años de duro adoctrinamiento. Los sanitarios sacaban una camilla vacía, un policía hablaba con su compañero sobre un posible secuestro, una señora algo entrada en carnes susurraba cómo un *ninja* trepó por la fachada del edificio antes de la explosión, una moto de gran cilindrada salió de su estacionamiento y rugió con fuerza. Diez metros más allá, en la boca de una callejuela, una niña recogía una foto, un muchacho recibía un caramelo de alguien que conducía una furgoneta blanca del servicio técnico de alguna compañía francesa, unas palomas emprendían el vuelo desde una azotea, una mujer observaba desde una octava planta lo que sucedía en la calle...

Volvió atrás. La foto la había visto antes.

Corrió lo más rápido que pudo cuando percibió una fría mirada sobre ella. Farelli la observaba sonriente mientras despedía al feliz chiquillo. Le guiñó un ojo, y tiró al suelo una mochila Altus mientras aceleraba. Se quedó paralizada.

Me estabas esperando, cabrón.

Jessica supo que el italiano no quería dejar cabos sueltos, y la estaba atrayendo a su trampa como un depredador, tendiendo el cebo y preparando la emboscada. Pero Farelli se equivocaba en una cosa.

«Una leona no es presa alguna para un lobo», le dijo una vez Bill, en otra vida lejana.

Fue doloroso recobrar el sentido. Las terminaciones nerviosas ardieron y sobrecargaron toda su médula espinal al emerger de la inconsciencia, azotando todo su cuerpo con punzadas lacerantes. Pero lo peor vino al abrir los ojos. Un techo oscuro, húmedo y mohoso empezó a girar y girar, las náuseas ascendieron desde su estómago hasta sus labios en forma de bilis. El agrio sabor impregnó su paladar.

Una risa sardónica llegó a sus magullados oídos, llena de malicia, afilada como una daga.

Entonces tuvo plena conciencia de su cuerpo y de su entorno, y un temor se encendió desde lo más hondo. El sudor del miedo comenzó a perlar su frente.

Se encontraba encadenado en una superficie horizontal, a un metro aproximadamente del suelo. La estancia era pequeña, un vaho acre y penetrante rezumaba de las paredes llenas de pintadas. Las cucarachas correteaban histéricas huyendo de la parpadeante luz que emitía un bombillo en la pared a su derecha. A sus pies, un desconocido lo miraba sonriendo, sentado en una vieja silla, a la par que jugueteaba con un cuchillo. Era alguien grande, de al menos dos metros de altura, y muy fornido. Una grotesca cicatriz surcaba su rostro desde la parte izquierda de la frente a la mejilla derecha, afeando su semblante simiesco. A la espalda del hombre, una puerta metálica entreabierta dejaba ver un resquicio de pasillo iluminado.

Una figura vestida de negro, con el rostro oculto por una bufanda tubular salvo los ojos, y una gorra gris, se colocó detrás del gigante apuntándolo a la cabeza y disparó. La pesada mole cayó al suelo, muerta en el acto. Se guardó la pistola y corrió hacia Karl.

La valquiria ha llegado, pensó aliviado.

Entonces, cuando su ángel salvador comenzó a manipular las cadenas para soltarlo, una voz femenina resonó con rabia:

—¡Un paso atrás y levanta las manos! —al tono seco y despectivo le siguió el característico sonido del arma preparándose para disparar.

¿Qué está pasando aquí? Si no es ella quien me iba a salvar, entonces quien...

—¿Strauss? —exclamó el intruso, levantando los brazos.

—Date la vuelta y descubre tu rostro —ordenó ella, confundida.

La voz, a pesar del tejido que cubría su boca, le era sumamente familiar.

El desconocido se giró y desveló quién era. La mujer abrió desmesuradamente los ojos al reconocerlos.

—¡Miles! ¿Cómo es posible? ¡Habías muerto!

—Antes tenemos que salir de aquí. Hay que poner a salvo a Fédermann —replicó—. Te lo explicaré todo, pero debes confiar en mí.

—¿Cómo dices? ¿Quién diablos eres tú? —Karl, aún encadenado, no daba crédito a lo que escuchaba.

Jess bajó el arma y se acercó a pocos palmos del rostro del hombre, y con una velocidad espeluznante, estrelló el

codo derecho en su mandíbula. Él retrocedió varios pasos y la miró resignado. Se lo merecía.

—Lo siento, Jess. No tuve elección.

—Siempre la hay, Derek. Salgamos de aquí.

3

El hotel St-Gervais, situado en el centro de la ciudad, a tan solo una manzana de la estación principal de ferrocarriles y a escasos quince minutos del Aeropuerto Internacional, les ofrecía un piso franco en el que poner orden a todo lo que había pasado antes de emprender ningún plan de acción.

Karl les había explicado lo que había pasado, al menos lo que él recordaba.

—Todo pasó muy rápido. Ni siquiera entiendo por qué me secuestró y me dejó con vida.

—Es obvio que quería el medallón —dijo Jessica, luego miró a Miles y se cruzó de brazos—. Estoy esperando una explicación.

—Estoy metido en algo gordo. No puedo darte detalles, pero estoy en tu mismo bando, pese a lo que haya escuchado por ahí. No me creo que hayas hecho nada de lo que te acusan.

Derek Miles era un hombre que rondaba los cuarenta, de metro ochenta aproximadamente, llevaba el castaño cabello largo recogido en una coleta, sus ojos azules eran profundos, apagados, cansados…

—¿Cómo estás tan seguro? Todo el mundo tiene un precio.

—Te conozco, Jessica Strauss. Todo empezó después de lo de Moscú. Me desperté en un hospital de la Agencia en un estado lamentable. Mis superiores tenían una nueva misión para mí, aprovechando la oportunidad de poder hacer pensar al enemigo que había muerto, y así poder infiltrarme en su organización. Se hacen llamar Náströnd.

—¿La CIA tenía constancia de la existencia de Náströnd?

—¿CIA? —preguntó Karl, sentado en uno de los sillones del confortable y pequeño salón.

—Llevo casi un año dentro de sus filas, Jess. Sabes lo complicada que es esta vida. Alguien dentro de la organización está interesado por alguna razón en Fédermann, tenía que ponerlo a salvo. Si lo quieren para algo, no puede ser para nada bueno.

Los dos agentes miraron a Karl. Su ceño fruncido y su mandíbula tensa denotaban una gran ansiedad e inquietud.

—Por esa razón Farelli te perdonó la vida. Sin embargo ha logrado el objetivo de su misión, el maldito medallón —dijo Strauss.

—Pero sabemos su siguiente movimiento —replicó él.

—París —concluyó ella.

—Está reuniendo las piezas. Hay un tipo de arma de destrucción masiva en la que llevan trabajando desde hace algún tiempo, aún no he logrado ahondar tan profundamente, pero he descubierto algo. Hace un mes aproximadamente, la CIA investigó la desaparición de unas cabezas nucleares que fueron robadas en Israel. Seguridad Nacional interceptó un convoy en el que supuestamente iba la mercancía, pero era una pista en falso, solo eran cargamentos de pescado. Poco después, un almacén de una compañía naviera recibió las cabezas en un contenedor especial. Esa compañía es una de las miles de filiales que Náströnd tiene repartidas por el mundo. Debo descubrir qué planean hacer.

—¿Tan grande es? —preguntó ella.

—Controlan todo, Jess. Están metidos en todas partes. Desde pequeñas empresas hasta grandes corporaciones, fábricas de armamento, ciencia y tecnología, medicina, extorsión, blanqueo de dinero, tráfico de armas, drogas, tra-

ta de blancas… Hace poco tuve que robar una sección del *Nidhogg*, una gigantesca base de datos que contiene todas sus operaciones, cada pieza del puzle, cada eslabón insignificante. Se han metido incluso en las agencias de inteligencia de muchas naciones, y no pararán hasta lograr su objetivo, destruir el orden establecido. No podemos permitirlo.

—¿Quién está detrás de Náströnd? ¿Quién mueve sus hilos? —quiso saber Karl.

—No lo sabemos. Parece ser una cúpula de varios miembros. Está tan ramificada que nos ha sido imposible determinar quién es su líder o líderes.

—Es posible que yo sepa por qué me quieren —confesó—, pero no es a mí solamente a quien buscan.

—¿De qué estás hablando? —preguntó Jessica. Frunció el ceño, mirándolo con cierto recelo.

Extrajo el diario de su abuelo y buscó en las páginas.

—Debí habértelo contado, pero ni siquiera sé qué significa todo esto.

Strauss se levantó del sillón, boquiabierta, al ver su propio rostro en aquel dibujo.

—¿Qué broma es esta?

—El dibujo está fechado en 1977, antes de que yo naciera. ¿Reconoces esta fecha?

Ella se tapó la boca con la mano, sin dar crédito a lo que veían sus ojos.

—Esto sí que no me lo esperaba —afirmó Miles.

—¿Por qué no me dijiste nada? ¿Por qué has esperado hasta ahora?

—Quería saber más. El anticuario español debe tener respuestas, y no quería meterte más cosas en la cabeza. No obstante, después de lo que hemos sabido hoy, me pareció descortés ocultar esto. Estamos metidos en este asunto, nos guste o no, y debemos llegar hasta el final. Que nos quieran con vida nos da cierta ventaja que tenemos que aprovechar.

Strauss y Miles cruzaron miradas llenas de desconcierto.

Esa noche, Karl se retiró temprano a su habitación. Aún sentía magulladuras por todo el cuerpo y no se había repuesto completamente. Sin saber quién era el gigante que lo custodiaba ni por qué los querían con vida, se hundió en una pesadilla atroz que le impidió conciliar un sueño sano.

Jessica y Derek se quedaron en el salón, bebiendo vino en pequeñas copas de cristal.

—Quise avisarte, Jess, pero era la oportunidad de entrar de lleno en esto. No quería meterte en problemas, aunque confiaba en que algún día me encontrarías.

—Fui a tu funeral en Washington. Lloré en los hombros de tu hermana.

—Créeme que lo siento. Hoy cuando vi tu cara llena de confusión, el corazón me dio un vuelco. La distancia ayudó a superarlo, pero solo me engañaba a mí mismo. No sabes lo que me arrepiento de no haberme marchado cuando tuvimos oportunidad, cuando quisiste que nos alejáramos de todo esto y huir. —Miles agachó la vista, y sonrió tristemente.

—Hay oportunidades que solo se presentan una vez en la vida. Y estaba bebida, no pensaba con claridad.

Él la miró con el rostro pétreo, alargó las manos y sostuvo su cara unos segundos, acariciando aquellas mejillas sonrosadas, luego la besó. Sus lenguas jugaron unos instantes, saboreándose mutuamente en un momento de pasión provocado por el vino. Las manos de él recorrieron el torso de ella, deslizándose por debajo del jersey y cerrándose sobre sus pequeños y redondeados senos. Ella se separó bruscamente, mirándolo con ojos brillantes.

—Moscú fue nuestra oportunidad, y tú decidiste. Fue una buena decisión para ti. Ahora lo es para mí. Siempre tendrás un lugar en mi corazón, pero lo que sentía murió en tu funeral. Yo respeté tu elección, respeta tú la mía.

Derek le cogió las manos y las besó, luego se levantó y le guiñó un ojo.

—Cuídate, Jess. Estaremos en contacto.

—Hasta la vista, Miles.

Por un momento le pareció que la vida era más complicada de lo que era normalmente. Suspiró, apática. Cuando se quedó sola y el silencio se hizo dueño de la estancia, escuchó el agitado sueño de su extraño compañero. Cogió el diario y lo ojeó, hasta que sus ojos se detuvieron sobre aquel dibujo.

¿Cómo es posible?

A un lado de la ilustración había un papel doblado pegado con cinta. Era una anotación reciente:

Puede que la otra fecha sea la de ella. ¿Sabía mi abuelo que nos encontraríamos? Una hermosa valquiria con un don nadie como yo. ¿Qué pinto en todo esto?

¿Hermosa valquiria?, pensó.

Aquella frase le arrancó una sonrisa. Pero no pudo ocultar la verdadera razón de su inquietud.

¿Cómo puede ser que mi cara esté dibujada en el diario de un viejo desconocido? ¿Por qué está señalada mi fecha de nacimiento? No tiene sentido.

4

Su despertar fue repentino. Una sensación brusca que brotó desde lo más profundo del sueño lo lanzó directamente a la vigila, y de ahí a darse cuenta de que había abandonado aquella pesadilla. Ni siquiera la recordaba, pero en él permanecía un perturbador sentimiento de miedo. Algo lo acechaba en la oscuridad, algo malévolo y cruel. Al incorporarse, sus ojos se cruzaron con los de Jessica, que estaba sentada en una silla cerca de la puerta de la habitación. En su regazo descansaba el viejo libro de Sven.

—Tenemos que irnos —dijo.

—¿Estabas vigilándome? ¿Cuánto llevas ahí? No iba a escapar.

—Un par de horas. No podía dormir, y he estado leyendo. Siento haberlo cogido, pero mi curiosidad puede más.

—No hace falta que des explicaciones. Yo habría hecho lo mismo —respondió él.

—Por cierto —en su mirada había un brillo de consternación—, toma, recuperé esto.

Abrió el diario y extrajo la arrugada foto de Lian.

—Gracias —sonrió, y asintió con la cabeza a modo de singular reverencia.

—Voy a preparar café mientras te vistes. Tenemos que hablar largo y tendido sobre todo esto, sobre lo que vamos a hacer a partir de ahora.

—¿Ya se fue el americano?

—Sí. Ahora debemos marcharnos cuanto antes. He reservado dos billetes a París para esta noche. No tardes —dijo, levantándose de la silla. Dejó el viejo cuaderno y el retrato sobre el asiento, y salió de la estancia.

Karl la oyó suspirar, casi imperceptiblemente, y cruzó una última y fugaz mirada con ella antes de que desapareciera tras el marco de la puerta.

Sentados en el salón, y disfrutando de una humeante taza de café, Jessica puso en orden sus ideas antes de exponerle el plan. Colocó en la mesa que había entre ellos un sobre grande cerrado. La mochila reposaba a sus pies.

Lo miró directamente a los ojos, y se aclaró la garganta.

—Antes que nada, debes decidir algo muy importante, algo de lo que no hay vuelta atrás. No puedes empezar este sendero y arrepentirte después, porque no hay forma de salir sin que haya consecuencias. Y no estoy hablando de tu vida, sino de la de aquellos a quienes quieres, quienes son importantes para ti. Si te metes en esto, la

discreción y el engaño son las formas de mantenerlos alejados, de preservar sus vidas.

—Te escucho.

—Jessica Strauss morirá en un accidente de automóvil a las afueras de Ginebra. A su vez, una cartera algo chamuscada con el pasaporte de Karl Fédermann aparecerá en el suelo. Si Hans recibe una llamada en los próximos diez minutos, lo parará todo, así que es mejor que lo pienses bien.

—No necesito tanto. Por más que quiera ya no puedo salir. No sé por qué me quiere Náströnd, ni por qué aparecen nuestras fechas de nacimiento con nuestros retratos en una ilustración hecha hace treinta años, y quiero saberlo —respondió con determinación—. No va a hacer falta esa llamada.

Cuando Hans le mandó el aviso, cerraron las ventanas y puertas, y desconectaron los teléfonos. Aguardaron nerviosos, Karl sin saber exactamente qué iba a pasar, Jessica mirando sin cesar la entrada, esperando la dolorosa traición de su viejo amigo en forma de agentes uniformados y armas de fuego.

Ese mismo día, a las cuatro y diez de la tarde, un camión cisterna provocó un atasco en un túnel; una moto-

rista, sospechosamente parecida a Jessica era perseguida por una patrulla de la policía, por la autopista, entrando ambos en el túnel. Un minuto más tarde, una fuerte explosión lo derrumbó parcialmente. Fue el propio Hans el que llamó a las fuerzas de la ley y al equipo de periodistas que seguían la persecución desde un helicóptero. Jessica y Karl siguieron el informativo con el corazón en un puño, luego, cuando vieron sus fotos en el noticiario, Strauss pudo respirar tranquila. Hans había cumplido su palabra. En un día o dos, el equipo forense hallaría un diente chamuscado que confirmaría la identidad de Jessica, después de que Hans falsificara un expediente y lo filtrara por los canales adecuados.

Ella intentó no pensar en el desperdicio de vidas que aquello supuso. Karl ni siquiera parecía ser consciente de lo que realmente había pasado. Mejor así. Se aclaró la garganta y explicó su plan:

—Bien. Dentro de tres horas, Markus Brandt y Viviane Adler tomarán un vuelo a París, por separado. Markus nació y se crio en Berlín. Estudió periodismo y actualmente trabaja en el Berliner Zeitung. Como fruto de su éxito, viaja continuamente por toda Europa. Aunque ha cubierto algunas noticias en diversas ciudades del mundo, Sídney,

Shanghái, Nueva York... Cuando llegues al aeropuerto, cogerás un taxi a la dirección marcada como *Dir 1*, que encontrarás en este sobre, solo lo abrirás cuando estés en el aire. Allí comprarás un periódico y esperarás una hora y media, luego te trasladarás a la segunda localización. Recibirás instrucciones que te llevarán a mí. Una vez las veas durante el vuelo, intenta memorizarlas y destruye el papel, no te olvides. —Se levantó y se dirigió a un armario que había en el pasillo. Sacó una percha del que colgaba una elegante chaqueta azul oscuro y un pantalón de pinza, y la colgó en el manillar de la puerta.

—¡Vaya! —exclamó él, sorprendido.

—Creo que es de tu talla. Cuando te prepares y salgas de aquí lo harás solo. Si todo sale bien, nos reuniremos esta misma noche. Todas estas vueltas son para asegurarnos de que el plan ha salido bien, que no nos siguen, que estamos a salvo.

—De acuerdo. Tú eres la experta.

—Dentro del sobre encontrarás dinero en efectivo, un auricular interno y un reloj. Serán la forma de comunicarnos a partir de ahora, pero no los usaremos hasta que nos encontremos en París.

—¿Y tú qué harás?

—Yo prepararé nuestra base de operaciones. Necesitamos un piso franco en el que resguardarnos y descansar. Una vez allí buscaremos a Rodrigo Sánchez de Balboa.

Karl suspiró, y se frotó la barbilla, pensativo.

—¿Y cómo vamos a conseguir que Jessica Strauss muera con su honor restaurado? He reflexionado bastante sobre ello, pero no sé cómo hacerlo, ni por dónde empezar. De las intrigas del espionaje, lo único que conozco es lo que he visto en las películas, así que no soy de gran ayuda. Y la farsa que han preparado te hunde más en la culpabilidad.

—¿Por qué te preocupa eso?

—Llámalo empatía si quieres, la verdad es que imagino que has tenido que sacrificar parte de tu vida por tu trabajo, y no me parece justo que te lo paguen así. ¿Te puedo ser sincero?

—Te lo agradecería —contestó Jess, algo abrumada y ruborizada.

—Te estoy cogiendo aprecio, y sé que bajo esa armadura de áspera frialdad se esconde un corazón lastimado. No me malinterpretes, con esto quiero decir que te comprendo. Sé lo que es ocultarse detrás de la indiferencia y la rabia, alejando de ti el dolor y la tristeza. En el pasado he

cometido errores de los que no estoy orgulloso, y aunque en aquel momento me parecieron más que justificados, descubrí que la sinceridad es la mejor arma para superar la barrera del pesar. Pero no esa sinceridad con la gente que te rodea, ellos tal vez no te comprendan. Es contigo misma con quien debes equilibrarte, serenarte y pensar que solo tú controlas cada acto que realizas. Y solo tú puedes decidir cómo acometes cada obstáculo que te encuentras en el camino. Creo sinceramente que podemos resolver todos nuestros problemas, pero también considero que es vital que restablezcamos tu nombre dentro de los tuyos. Sabes mentir bien, Jessica, sin embargo lo poco que te conozco he visto algo más en tus ojos, y ellos no engañan. Dicen que son el reflejo del alma. Si me dejas, me gustaría mucho ayudarte en esta empresa.

—Ya pensaremos en algo. ¿Nunca te han dicho que hablas demasiado? —preguntó ella con sequedad. No obstante, una tímida sonrisa asomó en sus labios.

—Sí, lo siento. A veces peco de ello, aunque es algo que no me había pasado con alguien al que acabo de conocer. Me inspiras confianza, a pesar de que sea eso lo contrario de lo que quieres transmitir. No sé, a mí también me resulta confuso, es como si fueras una vieja conocida.

—Fingir mi muerte solo ha sido el primer paso. Ya hablaremos del tema. Ahora debes prepararte, y recuerda, ya no eres Karl Fédermann, sino Markus Brandt, repítetelo unas cuantas veces. —Se colgó la mochila que estaba en el sillón, y se acercó a la puerta.

Antes de irse, se volvió hacia él y le dedicó una resplandeciente sonrisa.

—Gracias por tus palabras. Te veo en París.

—Ten cuidado, Jess… Viviane.

Al salir de allí, Strauss reflexionó sobre lo que Karl dijo. Había inocencia y veracidad en sus ojos, sentimiento, calma y una cierta gratitud en su tono. Admitió que también le estaba cogiendo afecto pese a que no se conocían prácticamente de nada. Eran de esas personas que suelen conectar desde un principio, y la forma en que se conocieron ayudó a que se forjara un extraño vínculo. Le había demostrado que podía fiarse de él.

Suspiró profundamente, y bajó las escaleras hacia la entrada principal del edificio.

1ª PARTE

PARÍS

1

El día se presentaba nublado al bajar del avión, y la fría brisa otoñal que precedía al invierno se hacía notar al erizar el vello de su nuca. Eran las doce y media de la noche, y la luna resplandecía tenuemente tras el manto oscuro de nubes.

Viviane Adler, una hermosa mujer de melena corta y cobriza, recogió su equipaje entre el gentío que pululaba por allí. Vestía una elegante camisa abotonada, blanca como los picos nevados de los Alpes, un pantalón ajustado, gris como el cielo que envolvía la ciudad, y un grueso abrigo largo que le llegaba casi hasta los pies, calzados con unas botas negras de piel.

Su maleta, una Rodier grande de un discreto tono granate, rodó con sus desgastadas ruedas por el gran pasillo atestado de gente. Hacía un tiempo que no visitaba París, y un torrente de recuerdos afloró en su memoria. Había per-

seguido a un mafioso chino en aquella misma terminal; fue la sexta o séptima misión con William Dempsey. Sonrió al recordarlo, una triste sonrisa provocada por la nostalgia.

Te echo de menos, Bill. Parece que sigues vivo en Karl, viejo cabrón. Hay veces que me recuerda a ti, sobre todo su sinceridad. Tenías razón, es por este tipo de personas, la gente buena, por la que merece la pena nuestro sacrificio. Descansa en paz, te prometo que llegaré al fondo de este asunto.

La verdad era que para Strauss, aquel raro viaje estaba adquiriendo unos matices que nunca creyó vislumbrar. Era como si se redescubriese a sí misma. Pensaba que se había estancado, ilusa de ella, pero la vida le había hecho ver que todo estaba en continuo movimiento, en constante cambio y evolución.

Un taxi la llevó hasta *Rue des Rosiers* con *Rue Ferdinand Duval*, a un lujoso edificio cuya fachada era entera de cristal, un espejo que reflejaba la mortecina luz de la luna. Después de casi una hora de trayecto, agradeció con un sonoro suspiro el haber llegado. Pagó y se acercó a la puerta de entrada.

El piso era un amplio y luminoso apartamento que contaba con tres habitaciones, una cocina separada del salón

por una barra americana, y un espacioso baño. Varias pinturas abstractas adornaban los pasillos vacíos y algunos jarrones con plantas artificiales ofrecían algo de color a la insulsa vivienda. El salón era una estancia grande y rectangular, parecía más una oficina que una sala de estar propiamente dicha. Un ordenador sobre una mesa de cristal ocupaba parte de la esquina Norte, una librería llena de libros y archivadores cubría toda la pared frente a la mesa, como el marco gigantesco de una pantalla descomunal que estaba fijada en el centro. A su lado, un caro equipo de música permanecía conectado a varios altavoces que estaban distribuidos alrededor de la sala. Un sofá en medio de la habitación, de mullidos cojines verdes, recibió su agotado cuerpo. Se quitó las botas y cerró los ojos unos instantes. Estiró las piernas, sintiendo la sangre fluir de nuevo por sus pies cansados. Tras unos minutos de silencio y reflexión, se levantó y se acercó al reproductor.

La Donna e Mobile, de Verdi, comenzó a sonar inundando de vida el apartamento. Sacó un batido lácteo de la nevera y bebió un largo trago, acto seguido se dirigió a la Rodier y la abrió. La mochila estaba sobre toda la ropa, perfectamente doblada y repartida por toda la maleta. Extrajo de ella un aparato elíptico de color negro y pantalla táctil. Lo activó, y tecleó algo en él. Un mapa de París se iluminó de pronto, marcando con un punto rojo la localización exacta del reloj de Karl, acercándose a su primera ubicación. Fue a su ordenador y lo encendió, dejó el artefacto sobre la mesa y volvió a su equipaje.

Tardó cerca de una hora en ordenar todo el armario, en acondicionar una de las habitaciones contiguas a la suya para Karl y preparar una ligera ensalada para dos, luego la guardó en la nevera y se metió en el baño. Se desvistió mientras se llenaba la bañera. Al sentarse dentro, un embriagador sopor se adueñó de ella cuando el agua tibia la engulló. La maestría de Giuseppe Verdi la narcotizó, dejándola sumida en un agradable y más que necesitado descanso.

Media hora más tarde, salió del baño y se puso un cálido albornoz turquesa a medio muslo, luego se sentó frente al ordenador. Según el localizador, Karl se encaminaba a la segunda dirección. Pulsó un botón de un mando a distancia que tenía guardado en un cajón y encendió la televisión. Faltaban unos minutos para que dieran el parte informativo, bajó el volumen de la música y se dedicó a husmear en la Red. Entonces, encontró la noticia.

Cuando Markus Brandt salió del aeropuerto y cogió un taxi, se quedó prendado. París era, sin duda, una de las

ciudades más hermosas del mundo, de las más visitadas y probablemente la más romántica de las que pueblan la Tierra. Para él, hacía honor a su fama y no defraudó su vista. El sobrenombre de *La Ciudad de la Luz* era debido a que sus calles fueron las primeras en ser dotadas de luz eléctrica, lo que causó una gran admiración en gran parte del planeta en la época.

—A la catedral de Notre Dame, por favor —dijo al taxista.

Siempre había querido visitarla. Aparte de la Torre Eiffel, era uno de los monumentos que le enamoró de Francia, aunque fuera en fotografías. Le gustó la idea de Jessica de mandarlo allí, al menos no perdería una hora y media sin hacer nada. Sonrió, y se alisó la chaqueta. Por un momento pensó en lo feliz que sería Lian de ver aquel idílico paisaje.

—Te echo de menos —dijo en voz alta, perdiendo la mirada en aquella belleza que se erguía imponente. Sin embargo, no fue el rostro de su novia muerta el que se iluminó en su mente. Fue Jessica Strauss quien ocupó todo su pensamiento, y ese simple hecho lo perturbó, dejándolo profundamente confundido.

2

Eran casi la una y media de la madrugada cuando sonó el timbre del piso. Las estrellas que adornaban la bóveda celeste podían verse entre las nubes que cubrían el cielo de París.

Una luz tenue y anaranjada, proveniente de algunos carteles en el exterior, se filtró por la ventana e iluminó el salón, ofreciendo una acogedora y reconfortante atmósfera. Después de haber encendido varias varillas de incienso por toda la casa, el aroma a jazmín impregnaba cada esquina y pared.

Jessica había seguido todos los pasos de Karl desde el ordenador en el que llevaba enfrascada toda la tarde. Quería asegurarse que no lo seguía nadie, era vital para mantener el piso franco en un estado de seguridad absoluta, aunque sabía que nunca nada seguro del todo. Conectándose a las cámaras urbanas lo vio pasear por Notre Dame, detenerse frente a la *roseta* de casi diez metros de diámetro, acercarse a los tres portales… Le dio la hora a un viandante, hizo una foto a una pareja de enamorados, leyó el periódico en un banco, se comió un sándwich y compró un mapa. Luego, comprobó su reloj y se marchó andando.

Strauss pensó por un instante que se había rendido, abandonado, y una sombra de decepción oscureció su ros-

tro. Durante más de quince minutos lo buscó por toda la ciudad, y cuando ya se iba a dar por vencida, logró distinguirlo entre una multitud, cerca de una parada de taxis que discurría junto a una avenida muy transitada y dirigiéndose a la segunda localización.

Sonrió.

Había decidido hacer el camino a pie, mapa en mano y con una determinación que la sorprendió incluso a ella.

Karl miró el reloj una vez más y oteó la calle antes de volver a tocar el timbre. Alguien levantó el telefonillo y una agradable voz femenina salió del altavoz.

—¿Sí?

—Soy Markus Brandt, del *Berliner Zeitung*. Tenía una cita con el señor Lernaud a las ocho.

El sonido chirriante de la entrada del edificio abriéndose le arrancó una sonrisa. Subió las escaleras hasta la cuarta planta y cruzó un pasillo en forma de «T». Busco por las puertas hasta que dio con la correcta, después tocó como decían las instrucciones. Había dos opciones en aquella nota arrugada, dos toques rápidos si estaba comprometido, o tres si todo había salido bien. Cuando la leyó, lo primero que pensó fue que aquella hermosa y arisca mujer era una paranoica, pero la comprendió.

En su mundo de espías y mentiras, la desconfianza era la mejor arma de la que podía valerse uno. Lo que a ella le parecía lo más normal del mundo, a él le produjo una sensación de estar viviendo un extraño sueño. Su peregrinación por Europa se había transformado en una huida de lo más inverosímil, incluso empezaba a idear un boceto para escribir aquel viaje, una travesía que, sin duda, acababa de comenzar.

Cuando Strauss escuchó la frase, corrió a por su arma, después aguardó tras la puerta.

Que seas tú solo, por favor, pensó mientras amartillaba la Beretta.

Los golpes fueron los correctos. Bajó la pistola y abrió los cierres.

—¿Señorita Adler? Es un placer —saludó, realizando una ligera reverencia con la cabeza.

—Pase, señor Brandt —invitó con una tenue sonrisa dibujada en el rostro.

Por un momento, Karl habría jurado que había visto alivio en los ojos de la bella mujer.

Jessica lo guió hasta el salón y le ofreció un asiento.

—Ponte cómodo. Serviré algo de cena y te explicaré lo que he descubierto.

La vio alejarse envuelta en aquel albornoz tan sugerente, abrir la nevera y agacharse. Sus blancos muslos asomaron cuando la bata se deslizó hacia su cintura.

Se aclaró la garganta y se sentó, depositando la maleta junto al sofá.

—¿Qué tal el viaje por París? —preguntó ella desde la cocina. Sacó una bandeja de ensalada, un par de platos y unos cubiertos. Se giró hacia el armario donde guardaba el aliño, y cogió dos copas situadas en una repisa sobre el fregadero.

—¿Te ayudo? —se ofreció Karl a su espalda.

No lo había escuchado acercarse, y la puso nerviosa.

—Sí, gracias, coge eso —señaló la bandeja.

—El viaje fue entretenido. Pensé en coger un transporte como me aconsejaste, pero después de lo vivido en estos días, disparos, bombas, asesinos, peligros en cada esquina, y lo que nos queda aún, quién sabe lo que pasará.

—No quisiste ver la ciudad a través de una ventanilla, ¿no? —concluyó Jess.

—Así es. Callejeé un poco para ver si me seguían, pero creo que nadie sepa que existo.

—Eso está bien. Siempre ocultos, invisibles a los ojos de la sociedad, no existimos para nadie. Eso nos dará ven-

taja. Tenemos que encontrar a Farelli. —Su determinación contagió súbitamente a Karl, que sintió una punzada de adrenalina al recordar al asesino de su abuelo. Aquel agravio continuaba en su memoria, y se aseguraría de que aquel monstruo lo supiera.

—¿Qué tienes pensado?

—Tengo pinchados varios servidores, y he conectado con algunas de las cámaras de la ciudad. Con el reconocimiento facial activado, es cuestión de tiempo que aparezca Farelli. He logrado establecer conexión con el sistema de seguridad de la tienda de antigüedades del español. —Strauss levantó el aparato elíptico y pulsó la pantalla táctil.

La imagen de la enorme televisión del salón se dividió en dos, mostrando en una de ellas el canal informativo internacional y en la otra un modesto establecimiento lleno de objetos de diversa índole. Estatuas de madera, rústicos utensilios de labranza, instrumentos de cuerda, innumerables jarrones, estanterías repletas de alhajas, bandejas con collares, bustos de piedra, de madera, máscaras rituales, dagas ceremoniales, espadas y hachas repartidas por todas las paredes. Un anciano cruzaba la puerta a la trastienda.

—Es increíble —exclamó, sorprendido—. Pero, ¿no crees que deberíamos ir a verle cuanto antes? Puede que esté en peligro.

—O tal vez trabaje para el enemigo. No lo sabemos. Recuerda que fue mi supervisor quien me facilitó la información. En cualquier caso, prefiero actuar con cautela. Iremos un poco más tarde. —Jessica hundió el tenedor en la ensalada, y empezó a comer.

—¿Qué vamos a hacer exactamente?

—Buscar pruebas que lo vinculen con Marvin Brown, después lo interrogaremos para averiguar qué sabe del medallón y del resto de piezas. Necesitamos algo que de sentido a todo este embrollo. Por cierto, mira, lo he grabado. —Volvió a manipular el aparato, y la pantalla izquierda cambió a un boletín informativo que se repitió durante la tarde.

En él, una atractiva pelirroja notificaba la temeraria persecución de una moto por parte de los vehículos, negros con franja azul, de la policía de Ginebra. Una terrible explosión hundió el túnel donde escasos instantes antes entraba la prófuga. Poco después, un inspector ordenaba acordonar la zona al tiempo que llegaban los forenses con sus impolutos guantes blancos.

—No tardarán en confirmar nuestras identidades, y estaremos a salvo.

—Cada vez me resulta más surrealista.

—¿El qué?

—Todo esto.

—Bueno, yo estoy acostumbrada, esperemos que acabe antes de que te hundas más en este pozo.

—¿Cómo recuperaré mi vida? Se supone que he muerto —se quejó Karl, acabando su plato.

—No. Encontrarán la cartera nada más, si no lo han hecho ya. Es el único vínculo contigo.

—¿Ha sido duro para ti? Me refiero a tu trabajo, acostumbrarte a esa vida, a las mentiras, a fingir papeles, a la soledad que trae el engaño. —Karl se recostó en el mullido cojín y estiró las piernas, consciente de que Jessica lo había llevado directamente a su vivienda particular. *O al menos a una de ellas*, reflexionó, y eso lo consideraba un acto de confianza.

Al principio, Strauss pensó en no contestar, en decirle que era un tema demasiado personal o secreto, pero el caso era que aquel hombre, llegado de la otra punta del planeta, le inspiraba una familiaridad y una confianza cuanto menos desconcertante. Ni siquiera supo por qué empezó a hablar hasta que ya era tarde.

—Fue duro al principio, y supongo que siempre lo será, solo que te acostumbras a verlo de otra manera. Lo aceptas, y consigues que la carga moral no sea tan pesada, aunque... —Ella lo miró con recelo.

Karl aguardó a que ella se decidiera a continuar. Sus profundos ojos verdes lo observaban con duda, preguntándose si sería prudente mostrarle sus más oscuros temores, sus secretos más siniestros. Resolvió comenzar él:

—Cuando murió Lian, me hundí en una vorágine de furia vengativa. Mi abuelo Yu lo llamaba el Velo Rojo de la Ira, un estado de absoluto descontrol que desaparece una vez se ha derramado sangre. Busqué a esos desgraciados durante semanas, recorriendo los tugurios más repulsivos de Hong Kong, los barrios más deprimentes y metiéndome en la boca del infierno con una única arma, yo, alimentado por la rabia. Cuando los encontré... —Se calló de pronto, recordando y estremeciéndose al rememorar cómo crujían y se astillaban los huesos—. Usé todo lo que había aprendido para causarles dolor, y después la muerte. No estoy orgulloso, solo eran unos drogadictos, esclavos de esta mierda de sociedad. Debí haberme entregado, sin embargo, tuve miedo. No quería pensar en la decepción

y la tristeza que invadiría a mi madre de saber que su único hijo es un asesino.

—Sé poco de ti, pero sí he descubierto una cosa, tienes buen corazón. No hay mucha gente en este mundo que sea así, eso te lo puedo asegurar, es por lo que vale la pena seguir luchando. Yo no. Nunca lo seré. Al contrario que tú, que actuaste movido por un sentimiento, por la necesidad de hacer justicia sobre el cadáver de tu novia. Tú no eres un criminal, eres humano. Yo sí soy una asesina, he matado y volveré a hacerlo. Después del primero, el resto solo son objetivos, muescas en una pared, expedientes cerrados. Para nosotros no debe existir ningún freno moral, cumples las órdenes y te preparas para la siguiente misión, aunque el primero es el que te marca para siempre. —Al ver la cara de interés, de cómo seguía el movimiento de sus labios, de cómo la miraba, Jessica se soltó.

Era una sensación de certeza, de que podía fiarse de él, que no había nada que temer. Cuando terminó de hablar se sintió bien, casi aliviada de poder compartir aquellos pensamientos con alguien que la escuchaba. Karl esperó. Ella bebió un trago de agua y continuó:

—Nunca lo olvidaré. Fue en Zúrich. Mi primera misión oficial era también mi bautizo de fuego, mi examen final.

Mis superiores necesitaban saber si, llegado el momento, dudaría en apretar el gatillo. Una civil, Janet Marebeau, trabajaba en la sucursal de un banco y se dedicaba a blanquear dinero proveniente del narcotráfico a una célula de radicales islamistas. Mi papel en la trama era sencillo, buscar y congelar esas cuentas, y matar a Marebeau. Todo fue fácil hasta que entré una noche en su casa y la tuve delante de mí, con un bebé en brazos, dándole el pecho mientras tarareaba una canción infantil. —Se silenció unos segundos, mirándolo con el ceño fruncido.

—¿Qué sucede?

—No creo que quieras saber qué sucedió después —dijo, indecisa.

—O tal vez no quieras que lo sepa, prácticamente somos dos desconocidos, unidos por los desaires del destino. No te preocupes, cuando tengas la suficiente confianza para hablar, aquí estaré. Solo quiero que sepas que sé escuchar, y si alguna vez necesitas desahogarte, dilo.

—No es eso, es que…

De pronto, un pitido estridente y continuo los sobresaltó bruscamente. Jessica se levantó del sofá y corrió hacia el ordenador.

—¡Farelli! —gritó.

El escáner acababa de identificar al napolitano en una cámara en las proximidades de la tienda de Sánchez de Balboa.

Cinco minutos más tarde, se habían cambiado de ropa, se colocaron el auricular en el oído y comprobaron que funcionaba correctamente. Strauss se aseguró de que su arma estuviera cargada y lista.

—¡Vamos! —urgió.

La tienda de antigüedades no estaba lejos del apartamento. Montados en una moto de gran cilindrada, obsidiana y plata combinadas en un perfecto acabado, llegaron a su destino en menos de diez minutos. Las calles estaban desierta, y un viento frío corría a sus anchas por ellas, levantando bolsas de plástico y arrastrando láminas de cartón. Jessica aparcó en una callejuela perpendicular y la recorrieron en silencio hasta la parte trasera de la tienda. Era una pared completamente lisa salvo por una puerta y un balcón en la segunda planta. Jessica extrajo del moño unas ganzúas y comenzó a forzar la cerradura.

Karl observó el balcón y localizó un pequeño clavo a un metro y medio de distancia del suelo. Retrocediendo varios pasos para coger carrerilla, se lanzó hacia arriba y adelante, y apoyó la punta del pie derecho en la tachuela,

se giró cuarenta y cinco grados en el aire, impulsándose de nuevo, y se aferró a la parte baja de la barandilla. Con un ligero balanceo, aprovechó la inercia del mismo para terminar de subir. En completo sigilo, se acercó a la ventana que daba a la pequeña terraza y pegó el oído.

Nada.

Jessica concluyó su trabajo cuando escuchó el chasquido de la puerta. Con sumo cuidado, se quedó agachada mientras la empujaba lentamente. Pistola en mano, dejó que sus ojos se acostumbraran a la oscuridad, y entró en silencio.

Fédermann manipuló la cerradura de la ventana cuando una luz se encendió dentro.

—Creo que he oído algo, ve a ver —dijo una voz autoritaria y enérgica en el interior.

—*¿Qué sucede?* —susurró Strauss por el comunicador.

—Ten cuidado, creo que van a por ti —respondió Karl en voz baja.

Un repentino disparo puso sus músculos en tensión. Algo pesado chocó contra el inmobiliario y produjo un ensordecedor estruendo en el piso de abajo.

¡Jessica!

Sin pensárselo dos veces, se sujetó a la barandilla y saltó hacia adelante, atravesando la ventana con su hombro

derecho. Cayó al suelo, y rodó para coger impulso y levantarse cuando se encontró con el cañón de una pistola ante sus ojos.

—Decisión errónea —murmuró una figura, cegándolo con una linterna.

Otra sombra se situó a su lado, alzando con firmeza una Desert Eagle plateada.

Después de haber memorizado la tienda a través de las cámaras, supo moverse sin necesitar apenas luz. Sorteó varios muebles y estanterías y se acercó a la escalera que daba al segundo piso. Una voz brusca la alertó y buscó cobertura tras una columna de hormigón. El suelo de madera crujió cuando alguien bajaba hacia su posición.

—*Ten cuidado, creo que van a por ti* —le había dicho Karl.

Cuando vio el brillo del arma que empuñaba, aguardó a que bajara lo suficiente. Lo suficiente para…

Strauss efectuó un solo disparo. La bala entró por un ojo y el cuerpo se desplomó sobre unas mesas, arrastrando consigo varias sillas.

Los sesos licuados salían lentamente por el agujero de la herida. Entonces, escuchó el ruido de cristales rompién-

dose, y unas funestas palabras pronunciadas con malicia. Frunció el ceño y subió las escaleras.

Karl supo que allí acababa su parte en aquella historia. Lo lamentó por su compañera, a quien dejaba sola frente a semejante empresa. Sin embargo le quedó el consuelo de poder reunirse con Lian, más allá de aquella vida llena de tragedias.

Un par de disparos seguidos le obligaron a cerrar los ojos. Dos cuerpos cayendo pesadamente a su lado le hicieron abrirlos.

Jessica entró en la estancia moviendo el arma, aún humeante, hacia ambos lados, asegurándose de que estaban solos.

—Gracias —dijo él.

—¿En qué estabas pensando? No debiste haberlo hecho. ¡Podías haberlo jodido todo! —profirió, disgustada.

—Lo siento.

La habitación era el dormitorio del anciano. Una cama y un armario abierto era la única decoración. La ropa estaba esparcida por el suelo, los cajones abiertos y tirados sobre las gruesas mantas. Toda la estancia había sido puesta patas arriba.

No reconocieron a aquellos hombres. Iban con una indumentaria informal, casi callejera. No obstante, sí se

fijaron en una cosa: todos tenían el mismo tatuaje en la mejilla derecha, tres triángulos entrelazados.

—Es el *Valknut* —explicó Karl —, un símbolo asociado a Odín. ¿Quién será esta gente?

En ese instante, oyeron un crujido a su espalda y se giraron. Karl se puso en guardia, Jessica levantó su arma.

—Son enviados del mal que creen servir al bien —explicó una voz en inglés—, pero ustedes no pertenecen a su grupo. ¿Quiénes sois?

Un anciano de mirada ceñuda les apuntaba con una escopeta de cañones recortados.

—Suelte el arma —ordenó Strauss.

Karl se quedó pensativo unos instantes.

—Que Odín, poderoso en su trono helado de Asgard, nos de la sabiduría para encontrar nuestra propia fortaleza —soltó.

El anticuario bajó el arma con un desconcertado gesto en su rostro.

—Comienzan los días aciagos que preceden al fin de los tiempos, del mundo que conocemos hoy en día —concluyó con un leve temblor de voz. Una nota de tristeza asomó en su tono.

Jessica los miró confundida y bajó la pistola.

—¿De qué conocías a Sven? —preguntó, acercándose a la cama y sentándose

—¿Por qué habla en pasado?

—Porque has pronunciado palabras suyas, palabras que no conocerías si él viviera —dijo Sánchez de Balboa.

—Tenemos que movernos. El lugar no es seguro —exhortó Jess.

—Tenemos preguntas, señor Balboa, y es de vital importancia que sean respondidas, pero no aquí.

—Aún no habéis contestado. ¿Quiénes sois?

—Él es Markus Brandt, yo soy Viviane Adler. Estamos aquí porque investigamos el asesinato de Sven Fédermann. Sabemos que Marvin Brown ha contactado con usted para —se calló de repente.

Un brillo de reconocimiento iluminó su mente. Supo quién era demasiado tarde.

No puede ser.

—Suelta el arma —dijo una voz rasgada a su espalda.

El anciano se levantó y apuntó a Karl a la cabeza. Jessica se fue a girar cuando el frío tacto del cañón de una pistola tocó su nuca.

—Suéltala… Viviane —dijo Balboa.

Strauss tensó la mandíbula, resignada, derrotada y enfadada. Dejó caer la Beretta al suelo y levantó las manos.

—Bien. Sinceramente yo quería haberte matado, pero las órdenes son las órdenes. —El anticuario dio un paso atrás sin dejar de encañonar a un sorprendido Karl.

Jessica y su compañero intercambiaron miradas de desconcierto.

Sánchez de Balboa presionó con un dedo su oído izquierdo.

—Los tenemos —dijo.

En el piso de abajo se escuchó el sonido de varios pares de botas, entrando en el establecimiento a la carrera.

—Soy buen actor, ¿verdad, Jess? Perdón, Viviane —rio el español.

Ocho soldados de asalto irrumpieron en la estancia con sus fusiles en alto, rodeando a los cautivos.

—Lleváoslos —ordenó el viejo.

Antes de poder preguntarse nada, fueron llevados bruscamente e introducidos dentro de una furgoneta oscura que se aproximó mientras salían.

Rodrigo Sánchez de Balboa se echó una mano al cuello y se quitó de un tirón un modulador de voz que llevaba camuflado bajo piel sintética. Luego se arrancó

la incómoda máscara de látex que daba forma al rostro del viejo anticuario.

Derek Miles arrojó al suelo los trozos de la cara de Balboa, y clavó una sombría mirada en su siniestro acompañante.

—Asegúrate de que llegan a su destino, Farelli. No quiero sorpresas. Conoces a *Köller*, y lo que supone el fracaso.

—No se preocupe —aseguró el napolitano guardando su arma.

EN EL
RECUERDO
QUEDARÁ...

MOSCÚ

T.O.P
Secret

2.008

quel día nevaba. El frío era el dueño absoluto de las calles, y el gélido viento soplaba con
fuerza, un aire cortante que casi impedía respirar. Estábamos preparándonos en una habitación del Hotel Savoy,
un elegante edificio que lucía una decoración al más puro
estilo italiano. Había una gran recepción en el Kremlin, y
debíamos encontrarnos con un enlace norteamericano que
iba a proporcionarnos los planos de una base secreta que
pertenecía a una célula yihadista que operaba en Rusia.

No sé qué pintaban allí aquellos radicales islámicos, lo
único que necesitaba saber en aquel momento era que le
habían declarado la guerra a todo el que fuera un infiel. Y
ni ellos mismos se respetaban en muchas ocasiones. Todo
es una hipocresía, es el motor que mueve esta sociedad
podrida. Me duele decirlo, pero creo que la raza humana debe purgarse. Hacemos más mal que bien, y no estoy

intentándome quitar parte de la culpa, porque yo soy una pieza del problema.

La velada fue tranquila. Uno de los amplios salones relucía en oro, iluminados con enormes arañas de cristal, y fue uno de los destinados a la selecta congregación que se había reunido allí. El agente Dempsey y yo íbamos como pareja en representación de la Embajada londinense y debíamos asistir a la cena de gala. Allí nos encontraríamos con el americano.

Reconozco que disfruté aquella noche, incluso me vestí para la ocasión. Me recogí el pelo en un moño alto y trenzado, el flequillo, peinado de lado, ocultaba mi oído izquierdo, donde llevaba el auricular. El vestido largo era de satén, color turquesa, con incrustaciones de piedras brillantes que reflejaban el áureo resplandor de la sala. Una pequeña cadena de zafiros engarzados trepaba por mi oreja derecha, y en el cuello, un collar de esmeraldas a juego con mis ojos se deslizaba hasta el amplio escote. Por detrás, una cola de seda de una tonalidad algo más clara que el resto del conjunto, barría la cristalina superficie del suelo.

William iba muy elegante, en negro y azul oscuro.

Comenzó la música y las distintas parejas ocuparon la zona de baile.

—¿Quieres? —sugirió Bill tendiéndome una mano.

Sonreí.

Era un gran bailarín, y siempre que tenía oportunidad la aprovechaba. La verdad es que disfrutaba de aquel tipo de misiones.

Cuando la melodía terminó, un murmullo general se alzó en el aire, fue cuando se nos acercó el enlace.

—Está realmente muy guapa, señorita —me dijo una voz a mi espalda.

Nos giramos. Un atractivo hombre me dedicó una resplandeciente sonrisa. El aroma que desprendía era embriagador, sus facciones, esculpidas en granito, mostraban una mandíbula prominente. Su nariz aguileña y aquella amable sonrisa no tenían nada que ver con aquellas joyas de cobalto con las que observaban todo, unos ojos azules como el océano, implacables, fríos… calculadores.

—Gracias —respondí.

—Creo que deberíamos disfrutar de la agradable noche que hace. ¿Le apetece salir y compartir conmigo una copa? —ofreció.

—Me encantaría, señor…

—Miles, Pero puede llamarme Derek.

—De acuerdo, Derek Miles, salgamos a ver las estrellas —ironicé.

—Esperemos que estén a la altura de su belleza —dijo, tendiéndome una copa de vino.

La acepté de buen grado y bebí un sorbo. Miré de reojo a Bill, que se había separado unos pasos.

—Voy a por una copa, estaré por aquí —susurró alejándose—. Ten cuidado.

La novena sinfonía de Beethoven comenzó a sonar tenuemente, acompañado por un coro femenino que arrancó aplausos cuando empezaron a cantar.

Derek me llevó a una amplia terraza. La balaustrada, adornada con exquisitas estatuas de ángeles, sirvió de base a nuestras bebidas. Me apoyé y aspiré el gélido aire nocturno.

—¡Tú, ángel rubio de la noche, ahora, mientras el sol descansa en las montañas, enciende tu brillante tea de amor! ¡Ponte la radiante corona y sonríe a nuestro lecho nocturno! —exclamó sujetando con delicadeza mi mano.

Reí. Me cogió desprevenida.

—Sonríe a nuestros amores y, mientras corres los azules cortinajes del cielo, siembra tu rocío plateado sobre todas las flores que cierran sus dulces ojos al oportuno

sueño. —Era un poema de William Blake, y al concluir parte de aquella estrofa, confirmé la verdadera identidad de mi acompañante.

—Es un placer conocerla, agente Strauss.

—¿Tiene lo convenido?

—Aquí lo tiene —afirmó, sacando un pequeño sobre del interior de su chaqueta.

Lo abrí y comprobé que aquellos mapas eran los correctos. Saqué del bolso un pintalabios preparado para la ocasión. Era un minúsculo escáner que fotografió y envió al portátil, perfectamente camuflado entre el tejido del bolso, el contenido de aquellos archivos.

Derek se colocó a mi espalda y me besó el cuello cuando una pareja pasó a muestro lado para exiliarse al fondo de la terraza entre ebrias risas y tambaleos propios del alcohol.

Los planos que la CIA nos había cedido confirmaba la situación de la base en las viejas ruinas de una iglesia del siglo XVIII, al norte de Moscú. Crucé los datos con un mapa que habíamos hallado en un refugio terrorista, al frustrar un atentado días antes en Lyon, y descubrí algo muy inquietante: un envío de grandes cantidades de C-4 había sido recibido en la capital rusa. Varios códigos seña-

laban una fecha, exactamente al amanecer del día siguiente, como nos temíamos. El objetivo, el hotel que ocupaba la delegación sueca.

Eran las tres de la madrugada cuando llegamos al garaje. Bill nos dejó en la misma entrada, y Miles y yo seguimos a pie hasta el interior del recinto subterráneo. Cambié mi vestido por mi uniforme de faena. De princesa deslumbrante a sombra letal, esas fueron las palabras de Dempsey cuando me vio. Me hizo reír. Muy pocos lo consiguen, no soy una persona con mucho sentido del humor, más bien al contrario. Derek y yo nos abrimos uno por cada lado, y nos acercamos a la furgoneta. Estaba aparcada junto a uno de los pilares principales que sostenían toda la estructura del edificio.

—*Tienes a tres a tu derecha, Jess. Miles, dos frente a ti. El vehículo es un furgón de telecomunicaciones, blanco con franja roja* —me informó Bill por el comunicador.

Desenfundé mi arma reglamentaria y apunté al suelo mientras me acercaba. Una conversación en árabe me llegó justo delante. Dos hombres hablaban mientras un tercero manipulaba la parte trasera. Uno de ellos llevaba un fusil en los brazos.

Me acerqué con sigilo cuando escuché una voz altanera. Fruncí el ceño.

—¡Amigos! —El americano rodó hacia adelante y se ocultó tras un automóvil. Los árabes profirieron toscas palabras en su dialecto y alzaron las armas, saliendo de su escondite.

Recuerdo que respiré hondo y me froté las manos. Me levanté, y acabé con dos antes de zambullirme a un lado. Le volé la cabeza a un tercero cuando un AK-47 me apuntó entre los ojos. El cráneo del cuarto atacante crujió cuando dos balas salieron por su mejilla y nariz. El quinto hombre corrió hacia la furgoneta con el detonador en la mano, dispuesto a volarnos a todos por los aires. Otro disparo acabó con sus pretensiones cuando Derek le destrozó la rótula. El chillido fue desgarrador, pero lo acallé metiéndole más plomo en el cuerpo.

Corrimos hacia la bomba.

—Agente Dempsey, mande el aviso para que evacuen el edificio. Que vengan los servicios de bomberos y sanitarios —exhortó el enlace.

—*Ya están avisados. Debéis salir de ahí, en tres minutos los tendréis encima* —dijo William. Su voz a través de la radio sonaba ligeramente preocupada.

—Agente Strauss, necesito que haga una cosa.

—Lo que sea.

—Váyase ya —ordenó Derek.

No me iba a ir, eso era algo que sabía muy bien. No suelo huir en momentos de crisis.

—No voy a marcharme. ¿Sabe desactivar eso?

—Sujete esa pieza redonda y extráigala con cuidado —me guió mientras examinaba el dispositivo y operaba en él, concentrado como un cirujano en una intervención.

Cuando llegaron las fuerzas de seguridad, encontraron los cinco cadáveres y un arma que iba a causar cientos de muertos ya desactivada. Desaparecimos en menos de dos minutos, y cuando nos alejábamos, las sirenas y las luces se aproximaban al lugar. Una congregación multitudinaria había acudido a los alrededores del hotel, pero nosotros ya estábamos lejos.

Eran las cinco de la madrugada cuando tocaron en la puerta de mi habitación. Era Derek con una botella de vino. Yo estaba a punto de irme a la cama, pero no me importó aquella casual cita. Al día siguiente volvería a Londres, y probablemente no vería más a aquel hombre. Por eso hice lo que hice.

Tuvimos una seria conversación sobre nuestro trabajo, la filosofía que mueve sus hilos, la esencia de mentiras que impregna nuestra vida. En una cosa estuvimos de acuerdo,

empezar de cero en algún país remoto sería una bendición. Entonces, extasiados por la bebida, nos besamos con brusquedad. Desatamos una pasión que nos envolvió con el fuego de la lujuria. Cuando me empujó sobre la cama ya estaba desnuda, esperándolo, aguardando mientras el deseo me nublaba la razón y humedecía mis muslos. Mientras jadeaba encima de mí, le pedí que nos fuéramos, que abandonáramos todo y huyéramos lejos.

Fue una equivocación, ahora lo sé. A la mañana siguiente, fui a despedirme de Miles. Tras unas breves palabras vacías, carentes de emoción alguna, me abrazó fríamente y se subió a su coche. Me di la vuelta para dirigirme al mío cuando escuché la explosión. Al ponerlo en marcha, el automóvil de Derek estalló en mil pedazos, provocando una potente deflagración. Y a punto estuvo de costarme a mí la vida.

2ª PARTE

PARÍS

1

En el interior de la furgoneta les inyectaron algo que los dejó sumidos en un profundo sopor. No hubo sueños o pesadillas, tan solo una oscuridad absoluta que fue diluyéndose a medida que terminaban los efectos del narcótico.

Cuando abrió los ojos, sus dientes rechinaron con fuerza. Había cólera brillando en su mirada. Jessica, a su lado, seguía agitándose bajo el fuerte sedante.

¡Por mi culpa! Todo esto es por mi culpa, pensó, lamentándose haber actuado impulsivamente. Pensaba que estaba en peligro, pero en realidad fue él quien la metió en aquel lío, y era lo que le enfurecía.

Se encontraban en un viejo almacén, sentados en unas sillas y esposados a ellas. El lugar apestaba a matadero, y cuando vio la mesa que había a un lado, y los afilados y aserrados utensilios que reposaban encima, su respiración

se le cortó. Salvo por la furgoneta, aparcada a unos diez metros de él, y algunas cajas grandes de madera, el recinto estaba vacío. Al fondo, una gigantesca puerta se abría, empujada por alguien. Una parpadeante luz amarilla, proveniente de una lámpara sujeta al techo, se derramaba sobre el local, provocando una atmósfera fantasmal y enfermiza. Una columna de humo negro ascendía desde una hoguera que chasqueaba dentro de un bidón. Pero su vista volvió a la mesa. Se preguntó cuántas vidas se habían llevado aquellos cuchillos.

Dos haces de luz blanca muy brillante lo cegaron. Escuchó el motor de un automóvil y vio un Audi negro, elegante, majestuoso, acercándose a escasos metros. Un feroz lobo hecho de llamas decoraba el capó.

Tres hombres trajeados salieron del imponente vehículo y se desabrocharon el botón de la chaqueta, dejando ver sus pistoleras bajo el brazo. Un cuarto tipo, una mole alta y fornida cercana a los cincuenta años, se bajó para aproximarse a él. Tenía el cabello largo unido todo en una sola trenza rubia que caía hasta su cintura. Iba vestido de cuero, una gabardina de piel que barría el suelo cubría su descomunal cuerpo, y sus pesadas botas de hebillas de acero resonaban en el silencioso lugar.

Uno de los hombres se movió rápido en busca de otra silla para el gigante.

Cuando Karl lo tuvo enfrente, comenzó a sentir el asfixiante abrazo del miedo. El rostro de aquel sujeto era un desafío para la vista: el ojo derecho había sido suplantado por algún tipo de lente cristalina, de color anaranjado, que refulgía con una tenebrosa y mortecina luz. Un tubo oscuro por el que circulaba algún tipo de líquido viscoso salía de su cuello y se conectaba a una terminal en la sien izquierda. Cuando sonrió, vio con horror cómo había limado sus dientes, todos afilados como los colmillos de un depredador. Varios de aquellos incisivos eran de metal.

¿Qué cojones eres tú?, pensó abrumado por aquella visión.

Antes de sentarse, el gigante se acercó a Jessica y levantó su cabeza. Seguía inconsciente. Lamió su cara y rio con fuerza.

—¡Déjala! —gritó Fédermann, revolviéndose.

Un fuerte golpe desde su izquierda lo aturdió. Una punzada de dolor ascendió desde su mandíbula hasta la parte superior de su cráneo.

—No, amigo, ella es mía. Cuando acabe contigo sólo serás un despojo que echaré a los perros. Pero no te pre-

ocupes, no desperdiciaré este dulce manjar —su voz era oscura, cavernosa.

Sus manos se movieron rápidas y abrieron las piernas de Strauss, apretando con fuerza y ansia la cara interna de los muslos. Ella sacudió la cabeza, despertando repentinamente de su confuso letargo.

—¡¿Qué es lo que queréis?! —gritó Karl reponiéndose del culatazo, removiéndose inquieto en la silla, impotente.

El gigante sacó del interior de su gabardina una arrugada hoja de papel con una imagen impresa: el retrato de ambos que había descubierto en el viejo diario.

—¿Qué significa esto?

—No lo sé —respondió, resignado.

—Respuesta errónea —profirió.

Se levantó a una velocidad imposible para alguien de su tamaño y le dio un fuerte puñetazo a Jessica en el rostro. El golpe la lanzó contra el suelo, a tres metros más allá de donde estaba. Un gemido apagado brotó de sus ensangrentados labios.

Aquel momento se le quedó grabado a fuego en su memoria, un instante en su vida que lo marcó profundamente y que le hizo descubrir una parte suya demasiado sombría, demasiado oscura. Tal vez fue por la situación, o por la

posibilidad de que Strauss muriera por su culpa, o quizá por la explosión de sentimientos contradictorios que encolerizaban su espíritu. La verdad es que Karl no tenía una respuesta clara, lo único que sí sabía era que no quería sentir más lo que sintió en aquel frío almacén parisino. Pero estaba muy equivocado.

Toda su piel comenzó a enrojecer. La cadena de las esposas que lo aprisionaban se partió. Se levantó y cogió impulso girando sobre sí mismo. Saltó y pateó el rostro de quien le había golpeado. Apresó la muñeca del sorprendido sicario, dobló la mano y la retorció. Con la otra sujetó la pistola y efectuó dos disparos sobre el pecho de su oponente. Rodó hacia la derecha y volvió a disparar desde el suelo contra el otro mercenario que había desenfundado, y se movía buscando cobertura. No llegó a tiempo. El gigante sonrió e hizo crujir su cuello a un lado y a otro, luego se arrojó contra Fédermann. Este se zambulló hacia delante y golpeó la entrepierna de aquella letal mole. A continuación, saltó y se encaramó a su espalda.

El tercer hombre retrocedió unos pasos. Unas piernas se entrelazaron con las suyas y lo derribaron. La suela de una bota se estrelló en su rostro, dejándolo aturdido y magullado. Antes de poder reaccionar, un taconazo en la

boca le rompió varios dientes y lo lanzó a la inconsciencia. Haciendo un esfuerzo sobrehumano, Jessica intentó soltarse, pero en vano.

Karl arrancó el tubo, vaciando la negruzca sustancia sobre el descomunal cuello. Un rugido espeluznante reverberó con la potencia de un trueno. Volvió a saltar, pero el monstruo lo agarró con fuerza por la cintura. Karl se giró de nuevo, y con un rápido movimiento, introdujo violentamente el cañón de la pistola en la boca del asesino. Disparó cuatro veces, desparramando los sesos por el sucio suelo. Aquella cosa medio humana, medio máquina, cayó pesadamente, levantando una nube de polvo.

Se acercó a Jessica y la liberó de sus cadenas. Después la ayudó a levantarse.

—¿Estás bien? Lo siento, todo ha sido por mi culpa.

—No hay tiempo para eso ahora, tenemos que salir cuanto antes de aquí —dijo ella con voz temblorosa, apoyándose en su hombro.

En ese momento, las puertas se cerraron de golpe.

—No vais a ir a ninguna parte. —Derek salió de las sombras, tras unas cajas.

—¿Qué significa esto? —Karl se quedó paralizado.

—Tenía razón, señor Miles —otra voz emanó de las tinieblas que envolvían una de las pasarelas que colgaban a varios metros del suelo.

Los dos compañeros alzaron la mirada y fruncieron el ceño. Un anciano de prominente calva y apoyado en un bastón plateado se encaminó, acompañado de cuatro guardaespaldas, a un pequeño montacargas.

—Se lo dije, señor Köller. Ellos lo conseguirán. El helicóptero llegará en quince minutos, yo mismo los escoltaré. No debe preocuparse por nada.

—Regreso hoy a Berlín. A mi vuelta los quiero preparados para la fase cuatro. Debemos terminar Bauhaus cuanto antes.

—Lo lograremos.

—Me gusta su optimismo. Siga así, Miles, siga así.

Derek sacó una pistola pequeña y disparó sobre ellos. Los dardos tranquilizantes hicieron efecto casi de inmediato. Luego, guardó el arma y ordenó meterlos en un utilitario que había aparcado fuera.

2

Al recobrar el sentido, estaban tumbados sobre una cama, uno junto al otro. Un punzante dolor de cabeza los sacudió de improviso cuando se intentaron incorporar. Sus músculos estaban completamente paralizados.

Derek Miles estaba sentado en una silla frente a ellos, con el rostro ensombrecido por la culpa y la preocupación.

—No os molestéis. No podéis moveros, aún no. Una solución de tetrodotoxina recorre vuestros cuerpos, así que estaréis quietos durante un buen rato —explicó, acercándose a ellos—. Antes de nada, quiero pediros disculpas, no tenía elección. Náströnd lo ve todo, y si no seguía al pie de la letra mi papel, los tres estaríamos flotando en algún río con una bala en la cabeza, en el mejor de los casos. Os voy a explicar lo que sucede, y volveré a desaparecer.

Jessica le clavó unos furibundos ojos, pero él le devolvió una mirada consternada, arrepentida.

—Se están ultimando los preparativos de Bauhaus, un proyecto secreto que crea una estructura sináptica ya programada en el cerebro. Vosotros estabais destinados a ser los próximos conejillos de indias, y no voy a permitirlo. No dejaré que te conviertan en un zombie bajo su control, Jess. Aunque pienses que soy un traidor, no es así. Tú sabes que esta vida es complicada. Bueno, al grano. En la mesa de noche hay un sobre con los planos de unos pasadizos subterráneos que discurren bajo el museo de Orsay. En estos momentos, Farelli se dirige hacia allí para asegurarse de que se termina un arma que hará de-

tonación exactamente a medianoche. Es la primera fase de Bauhaus. Nunca hemos superado la cuarta, perdimos a cinco hombres durante el proceso de adaptación. Sus mentes no soportaban la reestructuración y la implantación final de la quinta fase, y confiaban en desentrañar el problema con vosotros dos antes de seguir con el plan general. La CIA me ha ordenado que siga a Alexander Köller para descubrir a la cúpula de Náströnd. Él no es más que otro peón, y debo averiguar la verdadera cara de la Organización. Ahora viene lo difícil. Necesito pediros un favor, hay que desactivar esa arma como sea. La Agencia no puede enviar a nadie hasta mañana, y sería demasiado tarde. Tampoco quieren solicitar ayuda a otras agencias europeas, no les importa lo que suceda aquí, pero hay que evitarlo como sea. Sé que me odiarás el resto de tu vida por haberte mentido y hacerte pasar por esto, sin embargo quiero que sepas una cosa, cada mentira que te decía era una puñalada en mi corazón, Jess.

Derek se acercó a la mujer. Sus ojos verdes siguieron sus pasos, brillantes por las lágrimas, por la rabia que recorrían cada fibra de su ser. Él acarició su cabello, y desvió la vista, suspirando profundamente. Luego se giró, y se marchó.

3

Eran las siete menos cuarto de la tarde cuando al fin pudieron moverse. Había transcurrido cerca de una hora desde que Miles se había ido, y el sol ya estaba desapareciendo. Junto a la cama estaban todas sus cosas, y aunque al principio les costó un gran esfuerzo, apoyados uno sobre el otro lograron salir de allí.

La estancia correspondía a una habitación de un modesto hostal situado a una manzana de su propia vivienda. Sin mediar palabra, magullada y cubierta de moratones por todo su cuerpo, Jessica recogió el sobre que Derek les había dejado, y bajó a la calle principal, seguido de un mudo y consternado Karl.

—No te imaginas lo que lamento todo esto —comenzó a decir, pero ella cortó sus palabras.

—No tienes que disculparte más, con una me basta. De todas formas todo fue una trampa. Hubieras entrado o no en aquella habitación, nos estaban esperando. Ahora olvídalo, tenemos trabajo que hacer.

—¿Te fías de él?

—No. Necesitamos prepararnos por si es otra sucia jugada. Ahora déjame pensar. —Se dio cuenta de la frialdad y dureza de sus palabras, suavizó su tono y lo miró a los

ojos—. No podemos fracasar de nuevo. Si es verdad eso que quieren hacer, debemos evitarlo a toda costa.

Aceleraron el paso.

La noche se abatía sobre la ciudad mientras las luces que la caracterizaban se encendían y plagaban toda la exuberante urbe de una luminosidad abrumadora. Ver la cara nocturna de París era todo un espectáculo, más aún si se podía apreciar desde el aire. No había nada parecido, ni remotamente, que pudiera hacerle sombra a semejante despliegue de luz y color.

A Jessica siempre le gustaron las impresionantes vistas, pero en aquel momento ni siquiera se le había pasado por la cabeza.

Corrían por un oscuro y húmedo pasaje, cruzando las alcantarillas siguiendo el mapa que Derek les había dado. Sabía que no podía fiarse de él, aunque tampoco podía olvidar sus palabras. Era posible que esta vez hubiera algo de verdad.

Las ratas huían entre chillidos histéricos a sus pies, asustadas por los resplandecientes haces de las linternas.

Karl, con una mochila en la espalda, la seguía de cerca mientras hacía un esfuerzo para no vomitar. El hedor de la basura y los excrementos penetró con fuerza en sus fosas nasales, provocándole terribles náuseas.

—¡Vamos, ya falta poco! —lo animó ella.

Decidieron tomar aquel camino, ocultos a los ojos del enemigo. Según su experiencia, podía ser cualquiera.

—El problema es que no sabemos en quién confiar —le había dicho Jessica en su apartamento—. Mejor si no nos encontramos con nadie.

—No me gusta tu trabajo, demasiada desconfianza incluso con tus propios compañeros.

—Es un trabajo jodido, pero necesario. Si conocieras las amenazas que flotan sobre este mundo, agradecerías que gente como yo sacrifique sus vidas para que el resto pueda vivir en su feliz ignorancia.

—No me refiero a eso, ni menosprecio vuestra abnegación y sacrificio, sino todo lo contrario. Si no fuera por esta mierda de sociedad, no haría falta tal derroche de vidas.

Habían pasado por el piso de Strauss para coger unas cosas, y de paso comprobar los planos de Miles, luego mandó un mensaje a Hans. Después descendieron a las profundidades de París, confiando en poder llegar a tiempo.

Tras una larga carrera entre los desperdicios y la oscuridad, los dos compañeros llegaron a una bifurcación en el túnel. Strauss consultó el mapa sujetando la pequeña linterna con sus labios.

—Por aquí —señaló.

Siguió unos metros por el pasaje de la izquierda, y se detuvo frente a una escalera vertical que descendía a un corredor inferior.

—¿Es aquí? —preguntó Karl ajustándose las asas de la mochila.

—Sí, vamos. Debemos tener cuidado, no sabemos qué vamos a encontrarnos.

—Silencioso como una sombra —asintió Fédermann.

Bajaron lentamente, lo más sigiloso que aquellos oxidados peldaños les permitían, hasta que la escalerilla terminó repentinamente. Se colgaron para dejarse caer.

Era un pasadizo amplio, de unos seis metros de ancho, que desembocaba en su parte norte en una descomunal tubería. El lado opuesto llevaba directamente a un portón de metal entreabierto. Hacía calor allí, y cuanto más se acercaban, más sentían el asfixiante abrazo del fuego.

Una voz llegó a sus oídos, una voz que Jessica conocía muy bien. Tensó la mandíbula y desenfundó un arma.

—Toma —susurró tendiéndole otra pistola a Karl—. Sé que no te gustan, pero es mejor llevarla y no necesitarla, que necesitarla y no tenerla.

Él la miró dubitativo, aunque accedió finalmente.

Cruzaron el acceso hacia una pasarela, doblaron a la derecha y entraron por un nuevo conducto. El mapa señalizaba una «X» grande y negra en una estancia no muy lejos de allí, y estaba justo debajo del Orsay. No comprendieron el motivo de ir tan abajo, pero tampoco se pararon a pensarlo. Unas voces se escuchaban al final del corredor, pasos apresurados y órdenes en italiano.

Jess y Karl se miraron. Ella se aseguró de que su arma estuviera lista.

—¿Preparado?

—Siempre —aseguró él.

—Bien. Vamos.

Aquel pasaje se abría en una gran estancia, de al menos sesenta o setenta metros de largo por veinte de ancho y treinta de altura. La iluminaban unos potentes focos que derramaban su blanca luz por todo el lugar. Toda clase de maquinaria vieja e inservible estaba esparcida por doquier, cajas, bidones, una carrocería de algún vehículo desconocido, un generador…

En el centro había una esfera de cristal, de cinco metros de diámetro, encajada en una base metálica. Estaba llena de un líquido oscuro que parecía burbujear. La base era similar a un trípode de gran tamaño, para

soportar aquella mole. Estaba conectada a varios aparatos por medio de gruesos cables negros. Había un grupo de personas allí, trabajando para poner a punto aquella monstruosidad.

Escondidos detrás de algunas estanterías amontonadas, observaron lo que hacían aquellos hombres. Eran cinco, protegidos por trajes anti-radiación de color blanco, y obedecían las órdenes de un sexto, sentado en una silla delante de un ordenador portátil.

—No sé si deberíamos estar aquí con estas ropas —susurró Karl con voz temblorosa, asustado.

Un grave zumbido brotó de la esfera, seguido de un chirriante sonido de succión.

—Ya está lista, señor Farelli —dijo uno de ellos, dirigiéndose al que estaba sentado.

Giancarlo terminó de teclear y levantó la vista. Tras el visor empañado de su capucha, el italiano sonrió, luego se levantó y pulsó un último botón en la consola.

—Bien. Nuestro trabajo ha terminado —concluyó.

Con una velocidad pasmosa, desenfundó su arma. Cinco disparos resonaron con fuerza. Los cinco técnicos se desplomaron al momento. Volvió a enfundar la pistola, y cerró la tapa del ordenador.

—¡Alto! —gritó Jessica, saliendo de la cobertura y apuntándole directamente a la cabeza.

Karl la imitó, acercándose al asesino, a diez metros de ellos.

El napolitano le clavó unos sorprendidos ojos, desconcertado. Probablemente, se preguntaba cómo era posible que hubieran escapado. Una sonrisa de triunfo se esbozó en el magullado rostro de la mujer.

Demasiado precipitada, quizás.

—Soltad las armas —exhortó una voz a su espalda.

Jess sintió un tacto frío, metálico, en la base del cráneo. Reconoció la voz, una que se clavó en sus entrañas y las retorció con crueldad, alimentando una furia que comenzó a extenderse por su cuerpo. Con la resignación controlando cada gesto de su cara, depositó su Beretta en el suelo. Karl la imitó y agachó la vista, derrotado.

—Termina de recoger, Farelli. Nos vamos —exclamó el recién llegado.

—Dime, Marvin, ¿cuándo decidiste darnos la espalda para trabajar para el enemigo? Tú fuiste el causante de que mi compañero muriera, no yo. Me tendiste una trampa. Me debes eso al menos.

Mientras se giraba lentamente, y con un gesto imperceptible, activó el grabador de voz del móvil que llevaba

en un bolsillo. Su antiguo superior la miraba con orgullo altanero a través del visor de su traje.

—Vas a morir, Strauss, aunque debiste hacerlo en aquella maldita casa. No sabes de qué va todo esto, pero no importa. Cuando esto explote quedaréis convertidos en cenizas, y más de la cuarta parte de la población parisina habrá establecido la fase uno de Bauhaus. No hay escapatoria. Náströnd está más extendido de lo que piensas, y no hay forma alguna de luchar contra él. Te pediría que te unieras a nosotros, Dios sabe que eres condenadamente buena en lo que haces, no obstante, sé que no accederías, eres demasiado… leal a la agencia.

—No tan buena, me has cogido tú, traidor hijo de puta —replicó, rechinando los dientes.

—Siempre tan dulce. No importa, de cualquier forma, la exposición a esta radiación ya os está matando, así que os voy a hacer un favor. No hay mejor forma de morir que saltar por los aires. Todas las conexiones sensoriales con los centros del dolor desaparecen instantáneamente, así que no sufriréis.

Los guió a la base de la esfera y sacó unas esposas de uno de los bolsillos del traje y se la tendió al italiano.

—Encadénalos a la base, hay que acelerar el plan.

Karl abrió desmesuradamente los ojos cuando comprendió que iba a morir. Él no quería, ya no. No podía ser que, después de aquel extraño viaje fueran a perecer allí, en la antesala de un destino que lo llamaba a gritos. Miró con los ojos brillantes a Jessica, y cogió su mano mientras los encaminaban a la burbuja de cristal. Quería que supiera que estaría con ella hasta el final, que no iba a abandonarla.

Jess le clavó una confusa mirada, sin embargo, no se separó. A fin de cuentas, él la había acompañado durante aquel tortuoso sendero y le salvó la vida en varias ocasiones. A lo mejor era demasiado precipitado, pero en aquel instante nada le pareció más acertado. Apretó con ternura la mano de él, al mismo tiempo que una lágrima recorría su mejilla.

¿Acaba todo aquí?, tensó la mandíbula.

—Aquí acaba todo, Strauss —dijo Marvin, como si le leyese el pensamiento.

—No. Es más, te voy a arrestar después de matar a ese cabrón italiano.

—¿Ah sí? —rio su captor.

Jessica hizo a un lado la cabeza y soltó a Karl para sujetar el brazo que sostenía el arma. Fédermann golpeó el tobillo de Brown para desequilibrarlo, y se lanzó hacia Farelli, que ya empuñaba su cromada Desert Eagle.

Ella, retorciendo el brazo del ex agente, golpeó la mano hasta que soltó el arma, luego lo giró y lo bajó con fuerza, dejando su cabeza a la altura perfecta. Le pateó la cara, destrozando el visor protector, y lo derribó. Luego, le volvió a clavar el tacón de la bota entre los dientes.

Karl se arrojó hacia adelante con los brazos extendidos, esquivando dos disparos que resonaron en el lugar. Hizo un giro en el suelo y disparó una pierna, barriendo al asesino, después rodó hacia él y detuvo una patada directa a su rostro con la palma izquierda. Era lo que Farelli quería. Aprovechando la distracción, extrajo de la otra bota un cuchillo. Con un movimiento veloz y casi imperceptible, apuñaló dos veces el costado de Fédermann, luego le golpeó con una rodilla. El grito fue desgarrador.

Arrodillado ante Giancarlo, intentó incorporarse. Alzó la vista y se encontró cara a cara con la oscura boca de la enorme pistola.

—Hasta aquí has llegado, bailarín —profirió.

El joven cerró los ojos.

Jessica se agachó a recoger el arma de Marvin cuando un disparo ensordecedor resonó en sus maltrechos oídos.

—¡Karl! —gritó, girándose.

EN EL RECUERDO QUEDARÁ . . .

CHINA

T.O.P SECRET

1.996

Era verano. El viento soplaba del Este y dispersaba el aroma de la flora que crecía en aquel enorme claro del bosque. Era una fragancia exquisita. Mi abuelo, Shun Yu, me había llevado a un valle cercano al *Xi Jiang*. Habíamos atravesado una frondosa zona, lejos de la mano del hombre, y me había guiado por abruptos y estrechos desfiladeros. Llegamos a una ladera que se elevaba en la orilla oeste del río y trepamos por un brazo montañoso, entre los árboles, hasta llegar a una pequeña cuenca que desembocaba en un lago. Una cascada caía desde las altas cimas produciendo un estruendo continuo sobre la superficie de aguas cristalinas de la laguna.

—¿Qué hacemos aquí, abuelo? —le pregunté.

—Quiero que veas algo.

Señaló la cascada y aceleró el paso sobre las rocas, saltando, con una agilidad nada propia de alguien de su edad,

de una piedra a otra hasta llegar a la altura del salto de agua. A continuación, se lanzó y se zambulló.

Lo seguí hacia una cueva submarina que había debajo. Era una gruta que se ramificaba en numerosos pasajes y conductos, perdiéndose en aquellas tenebrosas profundidades.

Emergimos en una sala cubierta de estalactitas donde confluían todos aquellos túneles. Todo el techo estaba engarzado por unos minerales que parecían brillar, derramando un fantasmal fulgor esmeralda sobre la caverna. Shun Yu se acercó a una base de piedra sobre la que descansaba un bastón.

—Se dice que fue empuñado por la mismísima Ng Mui, y es un presente para quienes logren la perfecta armonía, cuerpo y mente. ¿Recuerdas la historia de *Los Cinco Antiguos de Siu Lam*?

—Sí, abuelo. La leyenda cuenta que Ng Mui escapó de la destrucción de Siu Lam en compañía de otros cuatro monjes, a finales de la dinastía Ching, creo recordar.

—No es una leyenda. Te he traído aquí para que superes esta última prueba antes de seguir en solitario.

—¿Solitario?

—Me muero, Karl. Cada día que pasa lo noto más en los huesos, y sé que no voy a pasar del invierno.

Me quedé atónito, sorprendido por la franqueza de sus palabras, aunque no debería extrañarme, siempre lo fue conmigo. Creo que me trataba como el hijo que nunca tuvo. Amaba a mi madre, pues era un gran padre, pero supongo que siempre quiso un varón.

—Abuelo…

No supe qué decir, me quedé mudo y con la tristeza brillando en mis ojos.

—No debes estar afligido, mi muchacho. He vivido una larga y feliz vida, y como todo ciclo en esta existencia, llega mi punto y final. No olvides que todos formamos parte de un mismo Todo. Necesitas estar sereno para lo que te espera.

—No debiste decirme nada entonces. ¿Cómo quieres que me serene si sé que vas a morir?

—Todos lo hacemos, la diferencia es que yo lo acepto. Hazlo tú también.

Mi abuelo se estaba despidiendo, y lo hacía en un momento en que aún podía hacerlo. No podía decepcionarle, no después de todo lo que había hecho por mí durante todos aquellos años. Era mi deber superar esa prueba que había dispuesto. Por él, por su filosofía, por su esfuerzo en convertirme en alguien mejor.

—Dime qué tengo que hacer.

—Bien. —En su arrugado rostro se dibujó una sonrisa. Me tendió un pañuelo negro de seda, y me volvió a sonreír.

—Tápate los ojos.

Lo observé desconcertado cuando se sentó frente a mí. Asentí con la cabeza e hice lo que me pidió. Realmente no supe qué pasó, pero en cuestión de segundos después de colocarme la cinta, me sentí rodeado de pronto. Escuché pasos apresurados, incluso percibí los latidos de cuatro o cinco corazones. Me puse en guardia cuando recibí el primer golpe en el costado derecho. Retrocedí unos pasos y presté atención a todo cuanto me rodeaba, como él me había enseñado. Eran cinco. Suspiré profundamente y me preparé, atento a lo que mi sentido acústico me señalaba. El intercambio de golpes no tardó en llegar. Detuve varios puñetazos y codazos, esquivé otros tantos, lancé algunas ráfagas en el estómago de alguien. Giro, defensa alta, defensa baja, golpe al pecho. Desplazamiento a la derecha, golpe a un antebrazo seguido de una patada a una pierna. Encajé un puño directo a mi cara, un barrido me desequilibró, luego, algo muy afilado me desgarró la camisa. El molesto picor me hizo rechinar los dientes, la sangre tibia empapó mi estómago.

Creo que el combate duró unos cinco o seis minutos, aunque todo pasó demasiado deprisa. Al principio, solo recibía, pero hubo un instante en que dejé de pensar en nada, únicamente aguardaba el momento exacto, el breve segundo que necesitaba para lanzar mis golpes, uno tras otro. Casi podía sentirlos, los escuchaba, los percibía, me anticipaba a ellos. Fue una sensación que no puedo describir, era como si mis miembros fueran atraídos directamente hacia ellos. Contrarrestaba cada técnica con otra, utilizando la misma defensa para atacar, como me decía mi abuelo.

—*Nunca pares un puñetazo, o una patada, no eres un escudo. En lugar de eso, golpea con fuerza ese puño o esa pierna.*

Y eso hice, hasta que sólo escuché el jadeante sonido de mi respiración.

Una ráfaga de aire frío me envolvió. Mi corazón latía desbocado, pero lo que me inquietaba era no saber contra quién había combatido. Me arranqué la cinta de la cara, pero allí no había nadie. Tan solo mi abuelo, sentado como mismo estaba, con una sonrisa en el rostro y los ojos cerrados.

Fruncí el ceño. Tenía todo el cuerpo magullado y dolorido.

—¿Qué ha pasado, abuelo?

Silencio.

—¿Abuelo?

Había muerto.

PARÍS

1

El latido acelerado del corazón del napolitano se clavó en sus oídos, esperó a oír el chasquido del dedo índice al doblarse sobre el disparador del arma. Escuchó incluso cómo salía el percutor y golpeaba el proyectil. Con la velocidad del rayo, movió la cabeza justo en el momento oportuno. La bala arrancó el cartílago de la oreja. Su mano derecha salió disparada hacia la muñeca que sostenía la potente pistola, tiró hacia arriba y aprovechó la resistencia del italiano para levantarse. Retorció la misma muñeca hasta que se oyó un crujido. Con un último esfuerzo, se agachó y disparó una rápida ráfaga de puñetazos en el pecho de su adversario, luego saltó y le encajó un codazo en pleno rostro, rompiendo su nariz y haciéndole hincar la rodilla. Un chorro de sangre goteaba profusamente hacia el sucio suelo.

—Tus víctimas te recibirán con los brazos abiertos —exclamó.

Sujetó su cabeza y le destrozó los dientes con un primer rodillazo. El segundo le incrustó el tabique nasal en el cerebro.

Farelli cayó fulminado. Nunca imaginó un final como aquel.

El tintineo del medallón al caer se extendió como un eco por toda la sala.

Karl dio tres tambaleantes pasos antes de caer arrodillado.

—¡Cuidado! —gritó, antes de que la inconsciencia lo engullera.

Jessica giró sobre sí misma justo en el instante en que Marvin Brown, desde el suelo, abría fuego sobre ella con un arma de bajo calibre, compacta. El proyectil le alcanzó en un hombro, arrancándole un grito de dolor. Retrocedió unos pasos. El traidor volvió a disparar e impactó en el abdomen. Strauss clavó una rodilla en tierra, y levantó el arma. Tenía la vista nublada, el sabor metálico de la sangre impregnaba su paladar, las punzadas que laceraban todo su cuerpo se iban incrementando, aumentando su sufrimiento. Las náuseas y el mareo la apuñalaron sin piedad.

Disparó tres veces.

Los tres proyectiles, inmisericordes, reventaron la cabeza de Brown, convirtiéndola en un amasijo de sesos y huesos destrozados.

Un pitido continuado se escuchó en toda la gran estancia. Jess sentía cómo le abandonaban las fuerzas, pero no podía rendirse, no al final del camino.

Se acercó al ordenador y levantó la tapa. Una ventana con un contador consumía una cuenta atrás de tres minutos. Corrió lo que le permitieron las exiguas energías que le quedaban, y se acercó a Karl. Seguía con vida, pero no le quedaba mucho. Ni a ella tampoco.

—Jess... sica —gimió.

—Estamos perdidos, Karl, pero creo que sé cómo detenerlo, al menos la detonación. —Rebuscó en su mochila, y extrajo el aparato elíptico. Sacó de su bolsillo un pequeño protector de datos, y lo conectó al artefacto, luego este al ordenador.

—¿Qué vas... a hacer? —preguntó, incorporándose lentamente.

Recogió el medallón, y lo observó. Por culpa de aquella cosa había muerto mucha gente, y seguiría muriendo de no hacer nada.

Strauss leyó la información que iba saliendo en la pequeña pantalla táctil.

—Puedo parar la explosión, pero no la primera fase. Según esto se trata de una sustancia que actúa con un agente químico denominado NT-5. La explosión aumentaría sus ya de por sí devastadores efectos en un trescientos por ciento de su capacidad. Si consigo aislar el explosivo de la esfera, podría trasvasar la sustancia a mí. Ya estamos muertos, así que es la mejor opción que se me ocurre.

—¿Y si utilizamos los cadáveres?

Estaban demasiado agotados, extenuados y moribundos. Karl lo comprendió.

—No hay tiempo —dijo ella, apenas un susurro escapando de sus agrietados y ensangrentados labios.

Un minuto y veintisiete segundos.

—Compartamos la carga. Hemos llegado hasta aquí juntos, y nos iremos juntos. ¿Te parece?

Cada inspiración era un suplicio, una punzada de dolor que recorría su pecho como una descarga. Probablemente tendría rotas algunas costillas, o algo peor.

—De acuerdo —jadeó ella, tecleando frenéticamente.

Paró un instante, y le dedicó una tierna mirada. Luego, le acarició el brazo.

—Ha sido un placer conocerte, Karl.

—Lo mismo digo, Jessica.

Cuarenta y cinco segundos.

Volvió a su teclado, y tras casi medio minuto saltando cortafuegos y protecciones, desconectó el detonador de la carga explosiva. Un zumbido retumbó como el rugido de un trueno. El líquido oscuro de la esfera empezó a iluminarse. Todo se volvió blanco, cegador. Jessica desenchufó la terminal del conducto y la sujetó con ambas manos. Karl la abrazó con fuerza. Las runas del medallón, entrelazado en sus dedos, refulgían con gran intensidad.

El ensordecedor estampido inicial fue seguido de un destello que casi quemó sus retinas. Después vino la oscuridad más absoluta, y dejaron de sentir nada.

2

La sombra era negra, como las profundidades de una caverna en la noche más cerrada. Unas tinieblas impenetrables y el silencio más absoluto, ni tan siquiera el latido de su propio corazón. Entonces, la sombra se fue disolviendo lentamente, como jirones de niebla, densa, húmeda y fría.

Al abrir los ojos, todo era una bruma gris, llena de formas que se movían de un lado a otro. Unas voces le llegaban lejanas, voces que parecían tensas, aterradas. Podía olerlo desde donde estaba, un hedor rancio que penetraba en sus fosas nasales, y le provocaron repentinas y bruscas arcadas. Volvió a cerrar los ojos, el cuerpo deshecho apenas podía sentirlo.

No es posible, estoy viva, pensó.

Karl, estás vivo también, ¿verdad? No puede ser que después de todo lo que hemos pasado, yo consiguiera sobrevivir y tú estés muerto. Dios, por favor, no. No es posible, no lo es porque por alguna razón puedo sentir que estás con vida.

«Estoy vivo, y me alegra saber que tú también lo estás.»

Las palabras que resonaron en su maltrecha mente le causaron un alivio que apaciguó su fuero interno. Estaban conectados de una forma que no lograban comprender.

Las fuerzas volvieron a abandonarla, y regresó a la oscuridad.

—No sabemos cómo, pero la ingente cantidad de radiación fue absorbida de alguna manera por ese colgante. En cuanto a ellos, no comprendemos cómo siguen con vida, pero le agradará saber que la fase uno ha sido implantada con éxito. Aunque he de decirle que con ciertos… imprevistos.

—*¿Qué clase de imprevistos?* —preguntó con voz grave su interlocutor.

—Han despertado al mismo tiempo en cuatro ocasiones. En todas ellas han pronunciado las cuatro mismas palabras, exactamente al unísono.

—*¿A qué distancia están el uno del otro?*

—A casi dos mil kilómetros. Obviamente, los resultados se salen de las tablas. No sé qué tienen ellos dos, pero necesitamos investigarlos en profundidad. Puede que logren aceptar la fase cinco.

—*¿Qué palabras han dicho? ¿Son relevantes?*

—Creo que es lo que estábamos esperando: das schmieden des donners

—*¡La Forja del Trueno!*

—Exacto. ¿Qué ordena que hagamos?

—*En cuanto estén recuperados, suéltalos. Devuélvelos a París, y ponles vigilancia. Vamos a emplear otra táctica. Que sean ellos los que encuentren la forja, y configura los reprogramadores sinápticos de Bauhaus, debemos asegurarnos de que llegada la hora no habrá sorpresas. Haremos la investigación directamente sobre el terreno. Que un equipo los siga las veinticuatro horas del día. Cuando la fase uno se encuentre completamente arraigada, deberá estar disponible un laboratorio móvil. Está a cargo de este proyecto, Miles.*

No quiero pensar que cometí el error de confiarle una misión tan delicada.

—No se preocupe, señor Köller. Todo seguirá según lo previsto. No se acordarán de nada. —Derek cortó la comunicación mientras miraba tras la cristalera que le separaba de una semiinconsciente Jessica.

3

Cuando despertaron lo hicieron a la par, en distintas habitaciones de la Clínica de Cirugía Bachaumont.

Tengo sed, fue lo primero que pensaron.

Hans paseaba de un lado a otro, con las manos en los bolsillos y una mueca de preocupación en el rostro. Llevaba más de una hora esperando. Había cancelado numerosas citas, todas importantes, pero le urgía saber, conocer lo que había pasado con ella.

—Puede pasar. Ha vuelto en sí.

—Gracias, enfermera —dijo, inclinando la cabeza a la muchacha que salió con una bandeja vacía en la mano.

Con el paso apresurado, entró en la estancia y cerró la puerta tras de sí. Una ventana al fondo dejaba entrar la claridad del día. Unas flores de color rojo y amarillo lucían en la desabrida habitación. Strauss lo miró con cierto júbilo en el semblante.

—¿Estás bien? —estaba claramente afectado.

—Un poco aturdida. Mareada y con náuseas. Tengo la boca pastosa de los analgésicos y la anestesia, pero bien. Viva, que es más de lo que esperaba.

«Yo me siento igual.»

Sonrió.

—¿Recuerdas lo que ha pasado?

—Algo. ¿Funcionó? La grabación de Marvin.

—Sí. Pero no es de eso de lo que he venido a hablar.

—¿Qué sucede?

—Explícamelo tú. ¿Recuerdas el incidente del Orsay?

—Sí. Debajo del museo fue donde grabé la confesión de Brown, donde encontramos una bomba que iba a detonar. Es una historia que debería contarte en privado.

—Hemos visto la grabación de lo que pasó. Cuando me enviaste el mensaje supimos donde localizarte. Interferimos las cámaras, pero algo las afectó, algún tipo de impulso electromagnético que fundió los circuitos de todo el edificio. Cuando llegamos allí ya no estabais. ¿Recuerdas algo?

—No. Lo último que tengo en la memoria fue cuando la luz nos envolvió. Era cálida, acogedora. De lo que sí me acuerdo perfectamente es que me sentía en paz.

—No sé otra forma más sutil de decir esto, pero llevas un mes desaparecida.

—¡¿Cómo?! No puede ser cierto. —Sus ojos se abrieron de par en par.

—Sí, lo es. Os recogieron a una manzana de aquí, inconscientes, tumbados en un banco junto a una mochila, ayer por la tarde.

«¡Imposible!»

Eso mismo pienso yo. ¿Dónde hemos estado?

«No lo sé. ¿Crees que será la causa de este... vínculo?»

Tal vez. Me gusta la palabra: vínculo.

«Tendremos que pensar cómo solucionarlo, averiguar la verdad.»

Primero hay que salir de aquí.

—Pues he perdido un mes, Hans. No recuerdo absolutamente nada. —se sintió abrumada y aterrada de pronto.

Un mes era mucho tiempo. ¿Dónde habían estado, y qué les habían hecho? ¿Era eso parte de Bauhaus? ¿Por qué los habían soltado? ¿Estarían vigilando su evolución? Muchas preguntas que necesitaban respuestas. Ambos la requerían, y una cosa estaba segura, iba a descubrir de qué iba todo ese asunto.

—Tengo un trato que hacerte —empezó a decir Hans—. ¿Qué te parece volver a la Agencia? Con la confesión de Marvin, el expediente de Jessica ha sido exonerado, pero Viviane Adler puede ser una gran candidata para convertirse en el legado de Strauss. Piénsalo, ¿de acuerdo?

—Quiero decirte que sí, incluso me honran tus palabras, aunque antes debo resolver todo este lío. No puedo dedicarme al trabajo de nuevo sabiendo que puedo estar comprometida. No sabemos lo que hace la fase uno del proyecto, y necesitamos comprenderlo todo. Es más complejo de lo que pensaba, créeme, Hans. Confía en mí. ¿Te parece si terminamos esta conversación en otro sitio? No me siento segura.

—Tranquila, está limpia. Te propongo una cosa. La mejor forma de destruir al enemigo es hacerlo desde dentro. Tendrás un expediente nuevo que sólo yo conoceré y trabajarás exclusivamente a mis órdenes. Piénsalo bien, puedes aprovechar los recursos de la Agencia, pero oculta a sus ojos. Necesitamos descubrir el plan completo de Náströnd antes de que lo del Orsay se repita. Medítalo, y me contestas esta noche. ¿Te parece?

—De acuerdo, pero en el caso de que lo haga tengo una única condición no negociable: Markus Brandt será mi nuevo compañero.

—Él ni siquiera tiene la preparación que se requiere, y no hay tiempo para ello. Además, sabes que infiltrar a una persona es complicado, dos...

—También sé que te gustan los retos, Hans. Es mi única petición.

—¿Puedo saber el motivo?

—Empezamos esto juntos, y debemos acabarlo juntos. Se lo debo.

«Gracias»

De nada.

Strauss volvió a sonreír. Le agradaba aquel «vínculo», como él lo había llamado. Podía cerrarlo a voluntad, cuando ella quisiera, pero aquella sensación le resultaba tan... estimulante. Era como conocer y comprender a una persona como nunca se había hecho jamás. El nexo psíquico establecido les permitía no sólo la comunicación, sino un nivel de entendimiento más allá de toda imaginación, incluso para ellos. Y aquel hecho despertó unos sentimientos confusos al principio, luego se fueron transformando gradualmente y lograron cierta armonía.

—Te veo entonces esta noche, tenemos mucho de lo que hablar. Descansa.

—Gracias, Hans.

—Cuídate. Un coche estará esperando fuera para llevaros donde digáis. Hasta la vista.

Lo más extraño de aquella nueva situación sucedió cuando se encontraron en la recepción de la clínica. Fue, como ellos definieron más adelante, electrizante. Cuanto más cerca estaban el uno del otro, más se acentuaba la sensación. Casi podían percibir lo que sentían en aquel momento. Al comprobar que ambos estaban recuperados, a salvo, una profunda calma anidó en sus corazones.

El vehículo, un elegante BMW M3 blanco perla, que destellaba con los últimos rayos de sol, estaba aparcado fuera. Hicieron el viaje en silencio, al menos en el sentido literal de la palabra. Sus mentes estaban en ebullición, una vorágine de pensamientos que se intercambiaron el uno al otro.

Durante un momento entrelazaron los dedos de sus manos.

La ventaja es que podemos seguir de incógnito. Es posible que nos estén vigilando, por lo que tendremos que ser precavidos.

«Lo pensé también. Un mes es mucho tiempo para estar desaparecidos y de repente ser encontrados en la calle. Alguien sabe qué nos está pasando. Tal vez el americano.»

Es posible, pero dudo que él estuviera detrás de todo. Vi sinceridad en sus ojos, aunque me encantaría tenerlo cara a cara ahora mismo.

«¿Qué hacemos?»

Aceptamos el trato de Hans. Sinceramente es el único en quien confío aparte de ti.

«Gracias. No sé qué nos deparará esto, pero me alegra que seas tú mi compañera en este tortuoso viaje.»

Me inspiras confianza, ahora que te conozco pondría mi vida en tus manos, y sé que el sentimiento es mutuo. Me agrada saber eso.

4

Lo primero que hizo al llegar fue entrar en el baño. Puso a calentar el agua mientras se desnudaba.

No tengo que decirte que estás en tu casa. Ponte cómodo, no tardaré, pero lo necesitaba más que nada en el mundo.

«Lo sé. Descuida, tómate tu tiempo. Creo que nos merecemos unas horas de descanso y reflexión.»

Yo no lo habría expresado mejor.

Una de las cosas que la desconcertaron fue el profundo cambio que se había fraguado en ella. No supo si era debido al propio vínculo, o ver cómo era su compañero

realmente, un alma bondadosa. Algo de él se le había traspasado a ella, porque sentía una paz interior como nunca había sentido. ¿Era posible que sí hubiera redención para ella?

«Nadie está más allá de la redención, y si supieras lo que yo sé, ni siquiera te lo plantearías. Eres una buena persona, pese a lo que hayas hecho en el pasado. Nuestra vida no es más que una secuencia de momentos, debes decidir quién quieres ser en el presente.»

Somos lo que somos, Karl. Yo soy una asesina, y no puedo cambiarlo.

«No, no somos lo que somos, sino lo que queremos ser. ¿Quieres cambiar? Hazlo, no lo pienses.»

Meditaré sobre ello. Ahora quiero tener mis quince minutos de silencio, si no te importa.

«No tienes que pedir permiso ni avisar, hazlo. A mí no me molestará nunca.»

Eres comprensivo, es otro aspecto que me gusta de ti.

Hans llegó sobre las nueve y media de la noche sujetando un maletín negro. Strauss estaba sentada frente al ordenador mientras Karl seguía ojeando el diario. El medallón, junto al resto de cosas, estaba en la mochila, que fue registrada como única pertenencia en la clínica. Lo

depositó en la mesa y su vista se perdió en los fulgores que reflejaban aquellas runas.

Prepararon unas copas, y despejaron la mesa atestada de papeles.

—Bonita casa —le dijo él, quitándose el grueso abrigo.

—Gracias. Siéntate, por favor. ¿Quieres una copa?

—Sí, lo necesito. Acabo de tener una reunión con el director del Bloque Europeo. Ha sido una jornada agotadora y demasiado larga para mi gusto. Le he explicado todo lo que ha pasado, y es el único que conoce el verdadero paradero de Jessica Strauss. Seremos los únicos que sabremos quién eres y lo que haces. En cuanto al señor Brandt, el director, me ha autorizado a supervisarle personalmente. Esto es muy importante, si logramos nuestros objetivos conseguiremos asestarle un duro golpe a Náströnd. Ahora, contadme todo lo que sabéis, y no menospreciéis ningún detalle, por ínfimo que pueda parecer.

«¿Empiezas tú?»

De acuerdo.

Strauss bebió un sorbo de vino y se aclaró la garganta, luego comenzó a relatarle a su amigo todo lo que había sucedido desde que Brown les encomendara la misión de capturar a Farelli y al medallón. Detuvo su narración

cuando contaba la llegada de ella y Dempsey a Einsiedeln, luego retomó Karl su propia historia.

A Hans no le pasó desapercibida la aparente compenetración de los dos jóvenes. Parecía ensayado, cuando detenerse, cuando continuar…

—Después despertamos en la clínica. El resto ya lo conoces —concluyó ella.

Pese a que querían confesarlo todo, decidieron omitir el asunto de aquel extraño vínculo telepático.

—Todo esto es más grave de lo que pensaba. Puede estar comprometida mucha gente. Buscaré información sobre ese Miles, tengo un contacto en la CIA que me debe un favor. Antes de nada debo preparar un plan de acción. Está claro que os han soltado por algo, incluso es posible que esta conversación ya haya sido interceptada, así que…

—Descuida, tengo instalados dispositivos anti-escuchas. Los he comprobado al llegar.

—Bueno, de todas formas hay que estar alerta. A partir de ahora seré yo quien se ponga en contacto contigo, y siempre bajo los canales que usábamos durante tu instrucción.

—De acuerdo —accedió ella.

—Mientras yo preparo toda la operación, deberíais tomaros unos días de vacaciones, así descubriremos si os sigue alguien y podremos neutralizarlo.

—Me parece una buena idea. Creo que desconectar de todo esto aunque sólo fuera un día sería un alivio —señaló Karl, sonriendo.

«Y nos da a nosotros tiempo para establecer nuestra propia operación.»

La verdad es que eso de desconectar puede estar bien.

—¿Alguna idea? —preguntó el veterano agente.

Ambos se miraron y esbozaron una leve sonrisa.

—A Venezuela —dijeron al unísono.

Una vez Hans se hubo marchado, se quedaron sentados, disfrutando de una cena a base de ensalada y zumo de frutas.

—Algo nos ha pasado —comenzó él—. Algo que tiene que ver con este vínculo. Me siento distinto.

—Yo también. Es como si estuviera en paz, feliz. Nunca había experimentado esto. Creo que se me ha traspasado tu bondad, tus ganas de vivir, tu calma. No sé, es muy extraño.

—Yo también he notado un cambio en mí, pero no es eso, sino todo lo contrario. Es como si todo el color de la

vida se esfumara, todo gris, apagado, sin esperanza. Hay mucha maldad en el mundo, y me abruma saber que a pesar de nuestros esfuerzos, es imposible salvarlos a todos. ¿Cuántos se han sacrificado para que todo siga exactamente igual? ¿Cuántas familias han llorado por hijos, padres, madres, maridos, esposas, que nunca volverán? Y ni siquiera lo tienen en cuenta. Es un derroche absoluto de vidas, un precio que nunca podrá ser pagado. Siempre seremos la carne de cañón de los poderosos, los corderos que llevan al matadero. —Karl se llevó las manos a la cabeza, negando, exasperado.

Ella frunció el ceño.

—Así me sentía yo, entonces te conocí. Fue antes de este vínculo cuando vi cómo eras.

—Es como la anécdota del oso —dijo él, sonriendo tristemente. La imagen de Sven Fédermann ocupó su mente—. Una historia que me contó mi abuelo antes de morir. Él quería acabar con su vida después de perder a mi abuela. Entonces, se encontró con un viejo oso y entablaron combate. Según él, el animal le demostró en aquella batalla final que realmente sí quería vivir. Yo me sentía igual que él tras la muerte de Lian, me dijo que algún día encontraría mi propio oso, y descubriría que mi apatía sólo es un

síntoma pasajero. Tú fuiste mi oso, al menos eso pensaba antes. Ahora mismo solo quiero dormir y no despertar, no ver la decadencia que corrompe al ser humano.

—Sé lo que es eso, pero ten por segura una cosa, puedes confiar en mí. Confía, Karl, tú mismo me demostraste que se puede, que aún hay cosas hermosas por las que luchar, por las que levantarse cuando caes, una y otra vez, dar la vida si es preciso. Hay gente buena que sufre en el mundo, y merece ser salvada.

Él cogió su mano y asintió con el rostro serio, ensombrecido por un sentimiento de abandono, de soledad.

—Somos un equipo —dijo él.

EPÍLOGO

Isla de Margarita, Venezuela.

El hotel *Le Flamboyant* era un hermoso complejo turístico que se encontraba frente al mar, en la playa El Agua. Rodeado de exuberante vegetación y cuidados jardines, era como un paraíso al que nunca creyeron que llegarían. Bar, restaurante, club de playa, piscina, jacuzzi... El hotel brindaba a sus clientes todo tipo de servicios de los que disfrutar durante su estancia.

El folleto les enamoró. Las impresionantes vistas que salían en las fotografías, sin embargo, no le hicieron sombra a lo que experimentaron al verlo allí en persona. Tras casi trece horas de viaje, Viviane Adler y Markus Brandt entraban en sus habitaciones, una pegada a la otra. Eran las dos de la tarde.

«¿Viste al tipo que iba sentado dos asientos detrás de ti?»

Sí. No dejaba de mirarme.

«Es normal, atraes la atención allí donde vas.»

213

Tal vez, pero, ¿te fijaste en el tatuaje? ¿Te fijaste en su mano?

«*Sí. El Valknut. Nos siguen.*»

Están estudiándonos. Observan cada movimiento.

«*Por eso es mejor que estemos separados, hay que descubrir cuántos son realmente y qué es lo que buscan.*»

Lo que buscan ya lo sabemos, aunque sería mejor que lo confirmáramos, Karl.

«*Hay que capturar a uno.*»

Esta gente está entrenada, va a ser difícil sacarles información.

«*Hay más de doscientos huesos en el cuerpo, son más de doscientas oportunidades que tendremos para saber la verdad.*»

Me parece increíble que esa idea salga de ti. Es algo que se me habría ocurrido a mí. No pensé que tu cambio se hubiese radicalizado de esa forma.

«*Eso ahora no importa, ya lo solucionaremos.*»

Voy a darme un baño. ¿Te veo dentro de una hora en el restaurante?

«*Perfecto.*»

Cincuenta minutos después de haber entrado en la habitación, Viviane salió de ella ataviada con un discreto bi-

kini color rojo oscuro, unos vaqueros cortos y unas zapatillas. Las asas de un bolso anaranjado descansaban en uno de sus brazos. Cuando llegó a la recepción, tras cruzar un paseo entre impresionantes jardines, sus ojos se clavaron en un hombre de mediana edad, con barba, gafas de sol y trajeado con chaqueta y corbata. No era el mismo del avión, pero su apariencia no correspondía con el lugar, y la alertó. Leía un periódico, aunque miraba continuamente a ambos lados. Una mujer morena se le acercó y le susurró algo al oído, luego se marcharon precipitadamente. Algo no encajaba.

—Señorita, ¿me permite invitarla a una copa? —se ofreció alguien a su espalda. Una mano se aferró a su cintura.

«Manzul.»

¿Manzul? ¿Qué es eso? Karl, están aquí.

«…»

¿Karl?

Silencio.

Ya no podía sentirlo. ¿Qué estaba pasando?

—Ahora no tengo tiempo —dijo, volviéndose.

El hombre era un joven americano, de familia adinerada por su atuendo, y no dejaba de mirarla de arriba abajo. Con un empujón se libró de él, y siguió al desconocido trajeado.

215

Echó un rápido vistazo al periódico que había dejado atrás y se detuvo de pronto.

No puede ser.

Karl se estaba duchando cuando escuchó unos pasos en su habitación. Dejó el grifo abierto, y salió sigilosamente. Tres zumbidos cortos llegaron a sus oídos en el momento en el que tres dardos impactaron en su cuello. Cayó desplomado al instante, pero antes de perder el conocimiento, una grave voz penetró en sus oídos. De alguna forma le era familiar, aunque no supo por qué.

—El paquete se dirige al punto de extracción. Confirmar recepción.

—*Confirmada. Manzul, fuera* —contestó el altavoz.

La distorsión y la enorme cantidad de droga que recorría su cuerpo no le dejaron pensar con claridad, pero aquella misteriosa voz y el nombre que había utilizado…

Manzul, fue su último pensamiento.

Cuando llegó a la habitación de Karl, la puerta estaba abierta, pero no había nadie. Encontró sus cosas sobre la cama, ni siquiera deshizo el equipaje. Halló un zumo medio lleno junto a la mesa, la terraza estaba abierta y algo destellaba fuera. Corrió apresurada, y recogió del suelo una pequeña tarjeta con el logotipo de una empresa de alquiler de avionetas.

¡No, Karl!

—¿Viviane Adler? —preguntó alguien a su espalda.

Cuando se giró, una joven del servicio de limpieza le entregó una hoja doblada de papel.

—¿Qué es?

—Me lo entregó un hombre. Me dijo que la trajera exactamente a las tres, que usted estaría aquí.

—¿Quién fue?

—No lo sé. Un turista más.

—De acuerdo, gracias.

Cuando la muchacha se hubo marchado, abrió la nota y la leyó. Un ligero sentimiento de desazón la sacudió de improviso. Era una sola línea, breve, concisa y contundente.

«Karl Fédermann ha dejado de existir. No lo busques, olvídalo.»

En ese momento, su teléfono móvil comenzó a sonar.

—*Viv, sé que acabas de llegar, pero esto es importante* —Hans, al otro lado, parecía nervioso, ansioso.

—Se han llevado a Karl —dijo sin más.

—*¿Cómo? ¿Qué ha sucedido?*

—No lo sé. Pero tengo que encontrarle cuanto antes.

—*Antes de hacer nada debemos vernos. Es Derek Miles.*

—¿Qué pasa con él?

—*Nunca ha existido nadie con ese nombre en la CIA. Ni siquiera tienen constancia de que fuera el alias de ningún agente.*

—¡¿Cómo?!

—*Tenemos que vernos. Toda su vida, su familia, todo es una farsa.*

Jessica Strauss, Viviane Adler... daba igual quien fuera, se había derrumbado completamente. Tenía que encontrar a Karl, se lo debía. Ninguna amenaza iba a impedir que descubrieran la verdad, juntos. Tal vez se le había traspasado la parte buena de su compañero, pero eso no cambiaba quién era, quién fue siempre.

Derek, cabrón, todo fue una jodida trampa. Te voy a matar.

—De acuerdo, Hans. El ruiseñor volverá al nido.

Su vista se detuvo un instante en el cielo azul, tendido como un manto de terciopelo sobre playas de arena blanca y aguas cristalinas.

Maldita sea, Karl, ¿dónde demonios estás?

Como respondiendo a aquella llamada, un soplo de aire fresco acarició su tenso rostro.

Voy a encontrarte, te lo prometo.

AGRADECIMIENTOS

¿Por dónde empezar? Hay mucho por agradecer. Este sendero empezó hace ya mucho tiempo, y en él he encontrado a mucha gente que de una forma u otra han influido en gran medida en la culminación de esta novela:

En primer lugar quisiera dar las gracias a mi madre, María Dolores Gómez, sin cuyo inquebrantable apoyo jamás habría concluido este trabajo, y a mis hermanos, Carlos y Lara Cabrera Gómez, por creer en mí y en esta obra desde el mismo comienzo.

Mis más sinceros agradecimientos a Aimar y Juan Benítez Almeida, por tener una paciencia infinita con mis preguntas sobre las tramas y sus grandes aportes en la creación de esta novela.

Agradecer a ese grupo de amigos que con su inestimable apoyo me anima a seguir construyendo historias. Siempre están ahí cuando uno los necesita:

AbdalRahman Franquelo, Ergual Ponce, Juan Francisco Castellano, Doramas Suárez, Dara Espinaco, Bentejuí Castejón.

Muchas gracias a Ylenia Monzón y Antonio Mateos por su valiosa ayuda en muchas de las cuestiones que he abordado en esta obra y por resolver las innumerables dudas que me asaltaron durante su desarrollo. Sin ellos, esto no habría sucedido.

Gracias también a:

Maialen Alonso, autora de la impecable cubierta y la perfecta maquetación de La Sombra de Bauhaus. ¡Su creatividad no tiene límites!

Y a Black Desk Correcciones, por su gran trabajo en "limpiar" el manuscrito, y sus imprescindibles sugerencias y consejos.

A todos esos amigos/as y compañeros/as, a los que he tenido el placer y el honor de conocer a lo largo de mi vida, por su constante apoyo y por contribuir de una manera u otra en las experiencias que aquí se narran. La lista es demasiado larga para incluirla, pero todos saben quiénes son.

Y en especial, a mi padre, Gonzalo Cabrera, quien me inculcó su pasión por la lectura, sin él nada de esto habría pasado. Allá donde estés, gracias.